La collection « Ado » est dirigée
par Claude Bolduc et Michel Lavoie

Frayeurs d'Halloween

L'auteure
Anne Prud'homme, née à Hull en 1980, est la lauréate du Prix littéraire jeunesse Vents d'Ouest 1998. L'écriture est une activité qui la passionne depuis longtemps ; elle savait même depuis l'âge de huit ans qu'elle écrirait un jour un roman ! Graduée de l'École internationale de l'Outaouais, Anne est maintenant étudiante en arts au Collège de l'Outaouais.

ROMAN ADO | HORREUR

Anne Prud'homme
Frayeurs d'Halloween

ents d'Ouest

Données de catalogage avant publication (Canada)

Prud'homme, Anne, 1980
   Frayeurs d'Halloween

   (Roman ado ; 19. Aventure)

   ISBN 2-921603-81-0

I. Titre. II. Collection : Roman ado ; 19. III. Collection :
Roman ado. Aventure

PS8581.R817F72 1998   jC843'.54   C98-941002-1
PS9581.R817F72 1998
PZ23.P78Fr 1998

Nous remercions le Conseil des Arts du Canada de l'aide
accordée à notre programme de publication. Nous remercions également la Société de développement des industries
culturelles et Patrimoine canadien de leur appui.

Dépôt légal — Bibliothèque nationale du Québec, 1998
                 Bibliothèque nationale du Canada, 1998

Éditions Vents d'Ouest inc.
99, rue Montcalm
Hull (Québec)
J8X 2L9
Téléphone : (819) 770-6377
Télécopieur : (819) 770-0559

Diffusion Canada : Prologue
Téléphone : (450) 434-0306
Télécopieur : (450) 434-2627

Diffusion en France : DEQ
Téléphone :   01 43 54 49 02
Télécopieur : 01 43 54 39 15

Chapitre premier

Le déménagement

L E VENT s'engouffrait par la fenêtre entrouverte, faisant danser les cheveux de Marilou
Levasseur.

– Quelle heure est-il ?

– Il est presque dix heures. Tu peux dormir, il nous reste encore une heure de route,
lui répondit Claire, sa mère.

Marilou était une belle adolescente de dix-
sept ans. Grande et mince, elle avait les yeux
d'un bleu profond qui s'harmonisait à mer-
veille avec le brun de ses cheveux.

La famille allait s'installer à la campagne.
Ce serait une expérience nouvelle car ils
avaient toujours vécu en plein centre-ville. Ils
voulaient oublier cet affreux accident survenu
en octobre dernier.

Languissante, Marilou opta pour un petit somme. Elle souhaita qu'à son réveil, ils soient déjà rendus. Elle avait toujours rêvé de vivre à la campagne et était certaine qu'elle s'y ferait vite de nouveaux amis.

Elle sombra dans un sommeil léger et, au bout d'une trentaine de minutes, se réveilla en sursaut. Pendant quelques secondes, elle ne se rappelait plus où elle se trouvait. Mais lorsque sa mémoire lui revint, ses lèvres esquissèrent un sourire. Il restait environ une quinzaine de minutes avant d'arriver à destination. Elle plongea son regard sur le paysage. Une brise désinvolte faisait danser les arbres. Les feuilles multicolores se mariaient divinement avec le vert sombre des aiguilles des conifères. De petits oiseaux sautillaient d'une branche à l'autre, se faufilaient entre les feuilles, comme s'ils jouaient à cache-cache. La nature lui procurait une sensation de liberté. Une balade en forêt était sa recette miracle pour éteindre son angoisse. Elle pouvait épier ainsi les jeux magiques de la forêt pendant des heures.

Le tangage de l'automobile ramena Marilou à la réalité. La voiture venait de s'engager sur un sentier étroit. Elle ne tenait plus en place sur la banquette arrière tant le silence de la campagne l'excitait.

Elle aperçut une enseigne de bois indiquant : *23, chemin des Peupliers.* Un peu plus loin devant se dressait sa nouvelle maison, vaste et coquette. Elle avait conservé ses traits charmants de vieille demeure de campagne. La cour, immense, comportait un grand jardin. Un énorme érable rouge s'élevait près de la façade arrière, surpassant en hauteur la maison. Une balançoire de bois peinte en blanc rehaussait le style antique de la maison. Un peu plus loin, à la lisière des arbres, on devinait le début d'un petit sentier.

Ils entrèrent dans la maison par la porte arrière, qui donnait sur la cuisine poussiéreuse. Marilou échappa un long soupir en songeant à tout le travail à accomplir. Elle se rendit à la salle à manger, puis dans le salon où d'immenses fenêtres laissaient pénétrer les rayons du soleil. Dehors, on apercevait une interminable chaîne de montagnes multicolores qui se perdait au loin.

— Papa, c'est magnifique ! C'est un vrai paradis terrestre !

Elle se précipita sur lui et l'embrassa sur la joue. Il s'empressa de répondre.

— Attends de voir les chambres !

Sans hésiter, Marilou grimpa l'escalier jusqu'à l'étage où il y avait trois grandes chambres et une salle de bains spacieuse. Elle examina attentivement les trois pièces.

— Laquelle est la mienne ?

— Celle qui te plaira. J'ai même aménagé le grenier. Tu viens voir ?

Elle le suivit jusqu'au fond du long corridor où une échelle conduisait à la trappe. Yvon fit descendre l'échelle et ils montèrent tour à tour. Le grenier était parfait pour faire une chambre, avec son toit qui formait un grand V. Une lucarne laissait pénétrer la lumière. Décidément, Marilou venait de faire son choix.

– Je la prends, c'est certain ! C'est génial, une chambre dans un grenier !

– J'étais sûr que ça te plairait. Le camion de déménagement devrait arriver bientôt. Tu pourras l'aménager à ton goût. À condition, bien sûr, que tu nous aides à nettoyer la maison.

– Papa, tu es le plus adorable des papas !

– Je sais…

Ils se mirent à rire puis descendirent jusqu'au sous-sol. Une salle de lavage, un atelier et un bureau de travail, parfait pour son père, y prenaient place. Le reste du sous-sol servait de salle de séjour, un vieux poêle à bois décorant l'un des coins.

Ils montèrent à la cuisine pour dévorer un casse-croûte avec Claire. Puis ce fut l'opération nettoyage. Le camion de déménagement arriva en fin d'après-midi.

La nuit tombée, Marilou monta à sa chambre. Elle prépara son lit, plaça en évidence sur son bureau la photo d'elle et de son frère. Elle éteignit ensuite sa lampe de chevet, puis se glissa sous les couvertures.

Elle referma tendrement ses doigts sur la petite pierre qu'elle portait en pendentif, sur laquelle un J était gravé.

– Bonne nuit, Jessy, susurra-t-elle.

Chapitre II

Le nouveau collège

L E LUNDI matin, Marilou était dans la
meilleure des formes, malgré toute l'énergie qu'elle avait dépensée à frotter dans la maison. Elle était prête à se rendre au collège
Saint-François-des-Marais.

La même routine matinale s'ensuivit : se
doucher, s'habiller, déjeuner, courir vers l'arrêt
d'autobus. Après être passée par le secrétariat,
Marilou trouva son casier. Elle vérifia son horaire : cours de français. Ensuite, elle alla faire le
tour du premier étage, question de s'orienter
un peu. Avant de tourner le coin en direction
de la cage d'escaliers, elle aperçut, quelques
mètres plus loin, assise sur un banc, une fille à la
ravissante chevelure blonde. À ses côtés se tenait une petite rouquine, ainsi qu'une autre

adolescente châtain et bouclée tenant par la main un garçon blond aux yeux bleus.

– Tu es nouvelle, n'est-ce pas ?

Marilou se rendit compte qu'elle les fixait depuis une bonne minute. Elle bafouilla une réponse affirmative.

– Je l'ai remarqué dans la façon dont tu regardes les gens. Je m'appelle Christine Aubé.

Elle pointa la rousse.

– Voici Ève Desaulniers, et puis Karen Corneillier et Vincent Clermont.

Marilou leva légèrement la tête en direction du groupe.

– Salut, je m'appelle Marilou Levasseur et je viens tout juste d'emménager dans la ville. Merci pour votre accueil. Il faut dire que je ne m'attendais pas vraiment à ça. Tu sais, ce n'est pas facile d'arriver dans un si grand collège au milieu du mois d'octobre.

– Je te comprends. J'ai dû changer trois fois d'école primaire ! Tu veux que je te fasse visiter la place ce midi ?

– Ce serait gentil.

– Ce n'est rien. Tu es bien en cinquième secondaire ?

– Oui. Je débute avec un cours de français. Avec, attendez une seconde, dit-elle en vérifiant son horaire, avec Mme Bourbonnet. Et vous ?

– Super ! Karen et moi sommes dans le même groupe que toi, répondit Christine.

Karen parut un peu moins emballée.

– Je déteste ces journées où l'on nous flanque un cours de français à la première période !

– Moi, j'aime ce cours, répliqua Marilou. Je m'intéresse à la littérature.

– Je n'ai aucun talent pour ce genre de choses, dit Ève. Moi, mon point fort, c'est la communication orale.

– Eh ! les filles ! intervint Vincent, de quoi vous plaignez-vous ? J'entre en enseignement religieux !

Un garçon aux cheveux couleur du charbon entra en scène.

– Salut tout le monde !

Les autres le saluèrent en chœur.

– Ce matin, j'ai cherché mon volume de sciences dans le bordel de ma chambre et je n'ai pas vu le temps filer. Et j'ai manqué mon autobus. Le pire, c'est que je n'ai même pas trouvé mon livre !

Vincent passa aux présentations.

– Geoffroi, voici Marilou Levasseur. C'est une nouvelle. Marilou, Geoffroi Comtois est le roi des farces plates. Si jamais tu entends un bruit aigu qui ressemble à un cri de cheval, ne t'inquiète pas, c'est seulement Geoffroi qui rit encore tout seul !

Marilou fixa Christine, qui leva les yeux au ciel, l'air de dire : « Ne t'occupe pas de Vincent, c'est un imbécile ! »

– Heureux de te rencontrer !

Elle lui répondit d'un sourire.

– Merci pour ton éloge, Vincent !

– Il n'y a pas de quoi !

Geoffroi avait un beau visage, mais aussi un air quelque peu bizarre. Certaines personnes sont comme ça : elles dissimulent leurs problèmes en faisant toujours le clown. Était-ce son cas ? Toutefois, il paraissait intelligent.

La première cloche retentit et tous les étudiants se dirigèrent tel un troupeau d'éléphants vers leur local. Le cours de français se déroula sans problème. Mme Bourbonnet présenta Marilou à tout le groupe. Elle trouva la situation tellement embarrassante que ses deux petites pommettes s'empourprèrent. La période suivante : même scénario.

À l'heure du midi, Christine la rejoignit comme prévu pour la visite guidée du collège.

– Par où commence-t-on ?

Marilou haussa les épaules.

– Bon, tu vois là-bas tout au fond ? Ce sont les salles de bains. Celle des filles à gauche et celle des garçons à droite. Rien d'intéressant de ce côté. Je crois que tu sais déjà où se trouve l'agora.

– Bonne déduction, Christine.

Elles rirent.

– La cafétéria est située près du gymnase.

– Où est le gymnase ?

– Suis-moi, je vais te le montrer.

Elles traversèrent le corridor. Au bout se situait l'immense gymnase.

– Tu fais du sport ?

– Un peu. J'ai fait des compétitions de natation pendant trois ans mais j'ai arrêté, faute de temps.

– Ici, les étudiants ne sont pas très portés sur les sports. Vois-tu, le collège est plus axé sur l'aspect intellectuel que sportif. D'ailleurs, je me demande vraiment comment certaines personnes, comme Vincent Clermont, ont fait pour être acceptées ici.

– Il est si imbécile que ça ?

Christine lui fit comprendre qu'elle n'appréciait pas particulièrement son caractère. Elle poursuivit tout bonnement son rôle de guide.

– Le gymnase se trouve près des escaliers. C'est là qu'ont lieu la plupart des activités, comme les danses et les tournois.

– Vous avez plusieurs équipes sportives ?

– Quelques-unes, mais de nombreuses écoles nous sont supérieures. Ça t'intéresse ?

– J'aime venir encourager les joueurs.

– Eh bien ! tu tombes pile ! Vois-tu, les gradins sont plutôt abandonnés lorsqu'il y a des parties. Je le sais, je suis la capitaine de l'équipe féminine de ballon-volant. On est assez bonnes, mais il me semble que si les estrades étaient pleines à craquer, ça nous stimulerait davantage.

Christine fit quelques pas en avant.

– Et là-bas, il y a l'auditorium.

Elles poussèrent deux portes près des escaliers et traversèrent un petit couloir où il faisait particulièrement sombre. L'auditorium était situé tout au fond. Elles y entrèrent. La salle était très vaste et comportait deux paliers.

– J'aime vraiment cet endroit. L'an passé, on a monté une pièce de Shakespeare. C'était toute une expérience !

Marilou sursauta.

– Tu fais du théâtre ?

– Je n'en fais plus, maintenant. J'ai commencé au début du secondaire, puis j'ai continué pendant quatre ans. Mais ils ont apporté des changements au programme. À cause des pratiques de ballon-volant, je manquais de temps pour mes études. J'ai donc décidé d'abandonner le théâtre pour cette année.

Christine laissa errer ses yeux à travers la salle, l'air nostalgique.

– Ouais... Ça me rappelle des souvenirs chaque fois que j'entre ici. Allez, viens, je vais te montrer la cafétéria.

– Et aux autres étages, il y a seulement des salles de cours ?

– Il y a la bibliothèque, le local d'arts et celui de musique au deuxième. Les laboratoires et la salle d'informatique sont au troisième.

Comme Christine finissait sa phrase, elle poussa deux portes battantes.

– C'est ici la cafétéria. Elle n'est pas immense, mais comme tu peux le déduire, nous rentrons tous là-dedans à l'heure du dîner !

Une grappe d'étudiants mangeaient avec appétit, pendant que des rires et des voix énergiques fusaient de toutes parts. Elles firent la queue pour s'acheter leur dîner, puis Christine proposa de profiter du beau temps pour aller manger à l'extérieur. Elles s'assirent dans l'herbe fraîche, sous un vieux chêne aux feuilles brunâtres.

– Merci, Christine. Je n'ai pas l'habitude des changements d'écoles et j'apprécie vraiment ce que tu fais pour moi.

– Il n'y a pas de quoi. J'ai toujours été comme ça avec les gens.

– Eh bien ! c'est une belle qualité !

– Merci. Alors, tu viens de loin ?

– Oui, assez. De Berrière, à l'autre bout de la province.

– C'est pas mal loin ! Alors, tu es une fille de grande ville ?

– Oui, mais mes parents en avaient assez du centre-ville. Moi aussi, d'ailleurs. C'est pour ça que nous sommes déménagés ici.

Mais ce n'était pas là la véritable raison. Marilou ne le savait que trop.

– J'espère que ça te plaira, l'école, le coin et tout.

– Moi aussi.

– Je devrais te parler un peu du groupe. Ils sont vraiment sympathiques quand tu les connais bien. Premièrement, Ève. Elle est la présidente du Conseil étudiant. Elle s'implique dans tout en même temps. Des fois, j'ai l'impression qu'elle va craquer. Mais elle aime ça quand ça bouge. Elle est bien gentille, mais parfois, elle exagère.

– Et Karen et Vincent, ça fait longtemps qu'ils sortent ensemble ?

– Presque deux ans ! Je ne comprends pas bien Karen, d'ailleurs. D'accord, Vincent est mignon, mais il peut être aussi froid qu'un bloc de glace.

– Ah oui ? Il ne m'a pas paru si froid que ça, ce matin.

– Ça lui arrive d'être amical…

– Il est gentil avec Karen, elle n'a pas à s'en plaindre, non ?

– Écoute, c'est de ses affaires. Karen fait toujours les choses par elle-même, sans jamais demander l'avis ou l'aide des autres.

– Et laisse-moi deviner : Geoffroi, c'est le bouffon, le clown.

– Ce n'est pas trop difficile à remarquer, hein ? Geoffroi a toujours aimé faire rire les autres. Il déteste voir le monde triste. Je l'aime bien, moi. C'est important d'avoir le sens de l'humour.

– C'est vrai que les personnes qui ne rient jamais, ce n'est pas très agréable…

– Dans notre groupe, il y a deux autres garçons : Tobie et Stéphane.

– Est-ce qu'ils sont comme Vincent ?

– Non ! Il y en a assez d'un, merci ! Stéphane est plus âgé que les autres. Il est correct, mais timide. Surtout avec les filles ! Mais lorsqu'ils sont seulement entre gars, il paraît qu'il est beaucoup plus à l'aise.

– Je vois le genre...

– Tu le trouveras bien gentil. Et il y a Tobie. Lui, je suis certaine qu'il te plaira !

– Ah oui ? Comment ça ?

– L'intuition féminine ! Il est plaisant, et aussi très beau, tu sais...

Christine dévisagea Marilou et elles pouffèrent de rire. Elles continuèrent de discuter pendant un bon moment, jusqu'à ce que retentisse la cloche.

Vers la fin de l'après-midi, Marilou rentra chez elle d'un pas allègre, très satisfaite de sa première journée. Elle n'en revenait pas encore de s'être fait des amis aussi rapidement. Ils semblaient vraiment corrects. Surtout Christine !

Une fois chez elle, Marilou monta au grenier et dévora quelques chapitres du roman d'amour commencé voici trois jours.

Chapitre III

Souvenir amer

DANS LA CAFÉTÉRIA, Marilou, Christine, Geoffroi, Vincent et Karen suivaient Ève, leur plateau à la main. Cette dernière repéra une table libre où ils s'installèrent. Vincent chercha à savoir où étaient passés Stéphane et Tobie.

— J'ai vu Stéphane ce matin. Il m'avait l'air pas mal pressé, répondit Christine.

Pendant qu'on parlait justement d'eux, ils se pointèrent à la table.

— Salut tout le monde !

— Il est à peu près temps que vous vous montriez le bout du nez ! fit Vincent. Où étiez-vous ?

Le garçon aux cheveux châtains répondit avec réserve :

– J'étais en retard.

L'autre garçon, plus petit, aux cheveux bruns et aux yeux vert émeraude, s'empressa tout aussi bien de se défendre.

– J'avais un rendez-vous chez le dentiste. Regardez ! Pas de carie, belles dents !

Le sourire fendu jusqu'aux oreilles, il dévoila deux rangées parfaites de dents blanches. Marilou trouva le plus petit incroyablement beau. Il devait s'agir de Tobie. L'autre, en revanche, la dévisageait d'une drôle de façon, comme s'il venait d'apercevoir un fantôme. Christine s'occupa des présentations.

– Salut les gars ! Je vous présente Marilou Levasseur. Elle est nouvelle à l'école. Alors soyez gentils.

Celui envers qui Marilou éprouvait une attirance répondit sur-le-champ.

– Bien sûr, Christine. Pour qui nous prends-tu ?

– C'est qu'on peut s'attendre à tout avec vous, spécialement avec toi, Tobie !

Il roula les yeux, essayant de se donner un petit air innocent.

– Moi ?

Christine les présenta : le plus grand s'appelait Stéphane Langlois, l'autre Tobie Mainville. Marilou les salua, en se demandant pourquoi Stéphane la regardait de cette façon.

Tobie la complimenta.

– J'adore ton nom, Marilou. C'est pas mal joli.

– Merci...

Elle regarda Christine, qui lui fit un petit clin d'œil accompagné d'un large sourire. Marilou le lui rendit discrètement. Stéphane lui demanda comment elle trouvait la ville, puis s'informa si elle avait des frères ou des sœurs fréquentant le collège.

À cette question, Marilou resta pétrifiée. Elle ne voulait plus penser à cela. Tout oublier. Recommencer à zéro. Oui, un frère, elle en avait déjà eu un.

Mais plus maintenant.

Elle pensa à cette nuit, cette froide nuit d'octobre. Elle marchait dans une sombre ruelle, accompagnée de son frère jumeau, Jessy. Il se faisait tard et les deux adolescents revenaient d'un *party* d'Halloween, un peu échauffés par l'alcool. Entre leurs rires joyeux, le bruit de leurs pas résonnait sur le pavé.

Quelqu'un arriva brusquement par derrière et pointa un fusil sur la tempe de Jessy. Marilou se mit à hurler. L'agresseur était vêtu de noir. Le masque qui cachait son visage était fendu par un rictus cruel. La seule chose visible sur lui était un médaillon pendu à son cou : une sorte de grand aigle couleur argent, les ailes déployées. L'oiseau tenait dans son bec une petite souris meurtrie de laquelle s'écoulait du sang. Le tout brillait dans la pénombre.

Marilou se précipita sur l'attaquant. Ce dernier la poussa violemment par terre et lui ordonna de se plaquer la figure contre le sol sinon il tirerait sur son frère. Elle obéit. Puis, l'assaillant s'enfuit à toute allure avec Jessy, arrachant du même coup un fragment du cœur de Marilou. Le drame s'était déroulé à une vitesse fulgurante. Titubante, elle se releva, courut jusqu'à la maison la plus près et alerta les policiers.

Mais ils ne retrouvèrent jamais son frère.

Néanmoins, Marilou gardait espoir. Elle avait le pressentiment que Jessy était toujours en vie. Elle et lui se ressemblaient tellement, physiquement et mentalement. Et ils étaient si proches l'un de l'autre, des inséparables. Une telle tragédie ne pouvait pas lui arriver, non ! C'était comme si on l'avait amputée d'une moitié d'elle-même. C'était injuste.

Pas son jumeau ! Pas Jessy !

— Marilou ! Sors de la lune !

— Je suis fille unique, soupira-t-elle.

L'après-midi se déroula vite, sûrement à cause du cours d'éducation physique de la dernière période. Comme elle sortait du vestiaire, quelqu'un l'interpella.

— Marilou, attends !

Elle se retourna pour apercevoir Tobie à l'autre bout du corridor, qui courait pour la rattraper.

— Et puis, comment ça va ?

— Ça va bien, merci.

— Je veux dire, comment ça va à l'école ? Pas trop désorientée ?

– Un peu, mais vous êtes super avec moi.

– Au fait, tu es occupée vendredi soir ?

– Pas vraiment.

– Il y a un nouveau film à l'affiche au cinéma. Il paraît que c'est super ! Tu voudrais qu'on aille le voir ensemble ?

– Quel genre de film ?

– Un drame policier.

Il paraissait un peu gêné. Marilou le trouva encore plus attrayant ainsi. Elle lui adressa un large sourire.

– Je veux bien. C'est d'accord !

Son visage devint encore plus souriant que celui de Marilou.

– Parfait !

Ils se regardèrent un instant, en silence.

– Eh bien ! on se voit demain ? Je dois y aller si je ne veux pas manquer mon autobus. Salut !

– Salut, Tobie !

Jeudi midi, les huit étudiants étaient de nouveau regroupés autour d'une table à la cafétéria. Marilou commençait à s'habituer au collège et à ses nouveaux amis. C'était avec Christine qu'elle s'entendait le mieux. Elle était vraiment gentille. Et il y avait Tobie. Christine avait raison. Il lui plaisait beaucoup. Ève s'informa des plans de tout le monde pour le lendemain soir.

– Il y a un bon film à l'affiche. Ça vous dit d'aller le voir ?

Pour un tout petit instant, Marilou voulut que leur projet tombe à l'eau, car elle avait envie d'y aller seule avec Tobie.

– À quel endroit ? Au ciné-parc ?

Soudain, ils se regardèrent tous d'un air bizarre. Elle serait même allée jusqu'à dire *effrayé*. Que se passait-il ?

Nerveusement, Ève lui répondit.

– Euh… non, Marilou, au centre d'achats.

– Désolé, je ne peux pas y aller, dit Stéphane.

– Pourquoi donc ? demanda Karen.

– Le boulot m'appelle ! Je dois travailler au restaurant de mon père.

Geoffroi s'étonna que Stéphane travaille un vendredi soir.

– Je le dépanne. Un de ses employés est malade.

– Il me semblait, aussi, que ce n'était pas ton genre de travailler un vendredi soir !

– Ferme-la, Geoffroi !

– Eh bien ! Marilou et moi, on avait déjà convenu d'y aller ensemble !

Christine jeta un regard complice à Marilou.

– Oh ! je vois ! Peut-être qu'on devrait remettre notre sortie à samedi soir.

– Oui, vous préférez sûrement être seuls, dit Vincent.

– Non, c'est correct. Cinq de plus ou cinq de moins, quelle différence ? Hein, Tobie ?

Il haussa les épaules puis soupira.

– Comme tu dis, Marilou.

– Vous êtes certains ? demanda Karen.

– Oui, c'est correct.

– D'accord !

– Plus on est de fous, plus on s'amuse ! fit remarquer Geoffroi.

– Ouais, dit Tobie. Et toi, tu en vaux dix à toi tout seul !

Sur ce, ils terminèrent leur repas et allèrent profiter du beau temps à l'extérieur.

Chapitre IV

Histoire de cinéma

L A SEMAINE s'était passée sans trop de bévues. Sans qu'elle ne les ait vu défiler, les jours avaient cédé leur place au vendredi, soirée durant laquelle Marilou sortait pour la première fois avec ses nouveaux amis. Ils vinrent la chercher à huit heures. Elle était prête depuis déjà dix minutes.

Après s'être fait des provisions de pop-corn, ils pénétrèrent dans la salle de cinéma où ils prirent place dans les rangées du haut. Vers le milieu du film, Tobie se rendit à la salle de bains. Quelques instants après, Christine se retourna.

— Et puis, Marilou ? Comment ça se passe avec Tobie ?

— Bien, je crois. C'est juste notre première sortie, tu sais !

– Et si je te dis que depuis qu'il t'a rencontrée, chaque fois qu'il te voit, il ne te quitte pas une seconde des yeux ?

– Je te réponds que tu exagères un peu !

– Non, c'est vrai ! Tu as de la chance. On a déjà été ensemble, l'hiver dernier.

– Ah oui ?

– Mais ça ne cliquait pas entre nous.

– C'est malheureux.

À ce moment, Tobie revint s'asseoir.

– Qu'est-ce qui est malheureux ? C'est malheureux que je sois revenu ?

– Mais non, idiot ! On ne faisait que parler, comme ça.

– Christine, il est strictement interdit de me traiter d'idiot devant quiconque. Cela me chamboule tellement…

– Ça va, on connaît la suite : tu vas nous traîner en cour pour diffamation contre la personne de Tobie Mainville ! Eh bien ! excuse-moi, imbécile ! Je ne voulais pas te vexer…

Il la regarda avec de gros yeux et elles pouffèrent de rire, après quoi ils purent regarder la fin du film en silence.

En se dirigeant vers la sortie, Marilou aperçut au sol une masse ignoble, toute noire, teintée de petits reflets rougeâtres. Elle se pencha pour voir de quoi il s'agissait. Elle échappa un cri.

C'était un petit rongeur à longue queue, affaissé dans une flaque de sang. L'intérieur de son corps lui sortait presque par la bouche.

Marilou fila en trombe jusqu'à la salle de bains. C'en était trop pour elle. Qui avait bien pu poser un geste aussi dégueulasse?

Ève, qui attendait Marilou dans la salle de bains, s'inquiétait pour elle. Son amie la rassura.

— Je crois que ça va aller. Allons-y, les autres doivent nous attendre.

Dans le stationnement, Ève frissonna.

— Si je connaissais celui qui a fait cette connerie, je le lui ferais ravaler tout rond son satané rat!

— Laisse tomber. C'était simplement une plaisanterie de mauvais goût.

Elles arrivèrent aux voitures.

— On avait le goût d'une bonne pizza et on pensait aller à la pizzeria du père de Stéphane. Est-ce que vous pensez que ça va aller, les filles? questionna Tobie.

Elles répondirent que oui. Alors, ils se mirent en route vers la pizzeria. Lorsqu'ils y entrèrent, Stéphane se dirigea vers eux.

— Salut! Comment était le film?

— C'était pas si pire.

— Comment peux-tu le savoir, Tobie Mainville?

Il dévisagea Geoffroi, mais ne dit pas un mot. Le teint de Marilou commençait à tourner au rouge tandis que les autres s'installaient à une table. Geoffroi proposa de commander deux pizzas extra grandes avec bacon.

— C'est noté! dit Stéphane. Ça ne sera pas long.

Un peu plus tard, lorsqu'il revint avec les pizzas, Geoffroi ne put s'empêcher de passer un commentaire.

– Voyons, Stéphane ! Ça t'a bien pris du temps ! T'es pas un bon serveur !

Stéphane rétorqua sur un ton de plaisanterie :

– Écoute bien, ce n'est pas moi qui fais cuire les pizzas, ce sont les fours !

Ève lui offrit de manger une pointe avec eux.

– Non merci, j'en ai avalé une tout à l'heure. Mais je pense bien pouvoir m'asseoir deux minutes.

Alors que son père poussait la porte de la cuisine, Stéphane l'avisa qu'il prenait une petite pause. Son père lui répondit en riant :

– Je te dis ! Ça ne fait même pas une heure complète que tu travailles et tu demandes déjà une pause !

Karen se préoccupa de savoir ce qu'ils feraient le lendemain soir.

– Je sais pas, moi. Tiens ! On pourrait peut-être aller sauter en parachute au-dessus de l'océan Atlantique ! proposa Geoffroi.

Vincent se contenta de le traiter de crétin et Christine se moqua de lui.

– Ben oui ! Et, ensuite, aller faire du ski dans les Alpes !

– Peu importe ce que vous décidez, ne comptez pas sur moi pour vous accompagner. J'ai promis à ma mère de lui donner un coup de main à l'hôpital. J'en ai pour toute la soirée.

Tobie lui donna une tape amicale sur l'épaule.

– Toujours aussi utile à la communauté, ce cher Stéphane !

– Si on allait voir une comédie au ciné-parc ? suggéra Marilou.

Sur le coup, ses copains se regardèrent d'un air curieux. Leur regard exprimait de l'angoisse mêlée de terreur. Faisaient-ils donc cette tête chaque fois qu'on prononçait le mot ciné-parc ?

Constatant que personne n'osait répondre à la question, Tobie bafouilla :

– C'est que… vois-tu… il y a quelque chose que tu devrais savoir. Ce ciné-parc est fermé depuis l'an dernier à cause d'un accident.

– Quel genre d'accident ?

Stéphane regarda ailleurs. Tobie hésita avant de continuer.

– Un de nos amis y a perdu la vie.

Stéphane se leva d'un bond et se dirigea vers la porte de la cuisine en marmonnant qu'il devait retourner au boulot.

– On ne sait pas trop comment les choses se sont réellement passées. Christine, Vincent, Karen et deux de nos amis, Dominic et Carolane, étions allés au ciné-parc. Dominic était affamé, il n'avait presque rien avalé de la journée. Il était allé s'acheter un hamburger et des frites. Une demi-heure après, il se plaignait d'avoir de grosses crampes à l'estomac. Il est allé marcher dans le bois, juste derrière le ciné-parc. Carolane, sa petite amie, avait offert de l'accompagner. Mais il avait refusé, prétextant vouloir être seul. Au bout d'une heure, il n'était pas encore revenu et on commençait à s'inquiéter. À la fin du film, il n'était toujours pas de retour. Nous avons décidé de partir à sa recherche. Nous ne l'avons pas trouvé. Nous nous sommes dit qu'il était sans doute retourné chez lui sans prendre la peine de nous en avertir. Mais le lendemain matin, sa mère nous a téléphoné à tour de rôle parce que son fils n'était pas rentré la veille. Elle a alerté les policiers. Le soir même, ils l'ont retrouvé mort.

Tobie fit une courte pause. Il parut perplexe, puis finalement continua son récit.

– L'autopsie a révélé qu'il avait absorbé un poison. Ils ont accusé le restaurateur du ciné-parc, qui a dû fermer ses portes.

– Je suis désolée pour Dominic. C'est horrible qu'un tel malheur lui soit arrivé. Mais pourquoi Stéphane avait-il l'air si tourmenté tout à l'heure ?

Vincent s'interposa.

– Dominic était son meilleur ami. Il n'était pas là au moment de l'accident et ça le frustre, parce qu'il dit toujours qu'il aurait pu faire quelque chose. Mais personne n'y pouvait rien.

– Il a eu énormément de difficulté à s'en remettre, continua Christine. Depuis cette soirée, chaque fois que l'on prononce le nom de Dominic, il trouve le moyen de s'éclipser. Il se sent coupable.

– C'est vraiment malheureux. Et qu'est-il arrivé à Carolane ?

– Elle a déménagé en Californie deux mois après l'accident, répondit Tobie. Je pense que c'est elle qui avait le plus de chagrin pour Dominic. Les deux filaient le parfait amour…

Sa voix était remplie d'émotion.

– C'est réellement dommage. Cet événement a dû vous causer tout un émoi. Bon, je ne poserai plus de questions au sujet du ciné-parc.

– Ce n'est pas grave. L'important, c'est que tu saches la vérité, la rassura Ève.

Ils changèrent de sujet de conversation. Une fois les deux pizzas avalées, ils rentrèrent chez eux.

Lorsque Marilou ouvrit la porte de la maison, elle aperçut sa mère assise sur le canapé du salon, en train de lire.

– Tu t'es bien amusée ?

– Oui, c'était plaisant.

Elle mentait un peu. Ce rat mort au cinéma et la sordide histoire du ciné-parc lui remontaient à la mémoire.

– On est allé à la pizzeria après le film. Je vais me coucher maintenant. Je suis vraiment épuisée.

Elle monta à sa chambre, enfila sa robe de nuit, puis songea de nouveau à la soirée et à ses nouveaux amis. Ils s'étaient bien amusés malgré tout. Marilou aimait bien les gens de cette ville. Dommage que Jessy ne fût pas là pour les rencontrer…

Elle éteignit sa lampe de chevet puis s'endormit sur cette pensée.

TOC TOC TOC !

Marilou se réveilla brusquement. Ses yeux explorèrent le grenier, puis se braquèrent sur la fenêtre qui laissait passer une lueur de lune. Elle se leva et se rendit à la fenêtre parsemée d'ombres difformes, comme autant de petites mains qui voulaient passer à travers la vitre pour s'emparer de quelqu'un.

De Marilou.

Elle s'avança davantage.

TOC TOC TOC !

Ce n'était que le bruit de branches frappant contre la vitre. Elle alla se recoucher. La sonnerie du téléphone fendit le silence. Marilou se précipita sur l'appareil, ne voulant pas que le bruit réveille toute la maisonnée.

— Allô !

Personne ne répondit à l'autre bout du fil.

— Allô ! Il y a quelqu'un ?

Elle perçut une profonde inspiration, lente et continue. Elle raccrocha.

À peine était-elle réinstallée sous la chaleur de ses couvertures que la sonnerie retentit de nouveau. Elle se leva d'un bond.

– Allô !

Elle n'entendait toujours rien. Elle cria :

– Qu'est-ce que vous me voulez ?

– Je veux ta peau… répondit une voix sinistre, et je l'aurai…

Puis un énorme éclat de rire. Elle raccrocha le combiné d'un geste brusque. Quelqu'un voulait lui donner la frousse et il semblait drôlement bon à ce jeu. Il ? Elle ? Marilou n'aurait su dire s'il s'agissait d'une voix masculine ou féminine.

Elle se refugia dans son lit, monta ses couvertures jusqu'à son menton et réussit à se rendormir en dépit de cette plaisanterie abjecte.

Chapitre V

Graffitis

DIMANCHE matin, lorsque Marilou se réveilla, les rayons du soleil pénétraient en faisceaux par sa lucarne, éclairant jusqu'à l'autre bout de la pièce. Une splendide journée s'annonçait et il fallait qu'elle en profite.

Elle pensa aller pique-niquer dans la forêt, seule avec Tobie. Elle lui téléphona et il accepta d'emblée. Une heure plus tard, ils se rencontrèrent au lieu convenu.

— Tu sais où mènent ces sentiers ?

— Oui, j'y suis allée cette semaine. J'adore le calme et la beauté de la forêt. J'ai toujours aimé me retrouver seule pour réfléchir.

— Moi aussi. Chaque été, on va à notre chalet. Nos premiers voisins sont à plus d'un kilomètre. J'adore cet endroit. C'est si tranquille !

– Chanceux ! J'ai toujours voulu avoir un chalet quand j'étais petite. J'étais tellement contente quand mes parents m'ont annoncé qu'on déménageait à la campagne !

– Tu sais skier ?

– Je me débrouille. J'en ai fait en quelques occasions.

– Alors, je t'emmène avec moi au chalet pendant les vacances de Noël.

– Vraiment ?

Il fit un signe de tête.

– Super ! Tu es gentil ! On s'installe là, sur le rocher ?

– C'est parfait.

Ils sortirent le petit dîner qu'ils avaient préparé.

– Et puis, ça te plaît, le collège ?

– Oh oui ! les gens sont très accueillants ! C'est très différent de l'école que je fréquentais. Là-bas, il n'y avait presque pas d'activités, et l'atmosphère était toujours froide et tendue.

– Justement, le comité des activités organise un *mégaparty* d'Halloween. Tout le monde devra être costumé et on n'enlève les masques qu'à minuit. Des jeunes de l'école jouent dans l'orchestre. Ils sont super bons. Seulement, pour entrer, il faut être un couple. Tu veux bien m'accompagner ?

– Bien sûr ! Ça semble être amusant !

– Tu peux en être convaincue ! Avec moi, ça va l'être...

Ils éclatèrent de rire, puis finirent de manger en admirant le paysage.

— On est quand même assez haut. Le paysage est magnifique d'ici. On voit toute la ville. C'est si joli, soupira Marilou.

— Oui, mais la beauté de la nature ne surpassera jamais la tienne...

Elle le fixa avec un sourire angélique, sourire qu'elle savait rempli de séduction. Tobie lui offrit pour sa part ce regard intense dans lequel elle aimait se noyer. Elle s'approcha ensuite de lui et, tout doucement, l'embrassa.

Le lundi matin, lorsque Marilou arriva à son casier, elle demeura abasourdie. La porte était toute grande ouverte. Son casier était couvert de graffitis. Ils ne représentaient rien de précis, mais indiquaient clairement qu'ils étaient l'œuvre d'un fou furieux. Ses livres étaient éparpillés et des pages de devoirs étaient déchirées.

Mais quel imbécile avait fait ce massacre ? Un cri de rage lui échappa. Au même instant, Christine se pointa.

— Qu'y a-t-il, Marilou ? Mon Dieu !

— Un imbécile a voulu rire de moi.

— Ça n'a aucun bon sens ! Qui a pu faire ça ? As-tu une idée ?

— Aucune, répondit Marilou, amère. Je suis ici depuis une semaine et déjà, quelqu'un me déteste. L'année s'annonce bien...

– Mais non, ce n'est pas vrai. Il avait besoin de se défouler et le hasard a voulu qu'il tombe sur toi.

– Voyons ! On ne fait pas ce genre de choses uniquement pour se défouler ! Il doit y avoir une explication.

– Justement. Viens, on va aller en demander une au directeur.

Les deux filles se rendirent à l'administration où la secrétaire leur demanda la raison de leur visite.

– Mon casier a été saccagé. Quelqu'un s'est amusé à peindre des graffitis, à tout mettre à l'envers et à déchirer mes notes de cours.

– Oh ! c'est sérieux ! Est-ce que tu dois de l'argent à quelqu'un ?

– Non.

– On va voir ce qu'on peut faire. En attendant le directeur, essaie de te trouver un autre casier, puis viens me prévenir, d'accord ?

– D'accord. Merci, madame.

Les deux amies rejoignirent Karen, Tobie, Vincent, Ève et Stéphane à l'agora.

– Vous ne savez pas la meilleure ?

– Bon ! Qu'est-ce qui est arrivé cette fois, Marilou ? demanda Karen.

– Quelqu'un s'est amusé à faire des graffitis sur mon casier. Il a aussi fait sauter mon cadenas et a foutu le désordre. Il faut absolument que je me déniche un autre casier.

Vincent ricana.

– En tout cas, on ne peut pas dire que la chance t'étouffe, toi ! Il y a quelqu'un qui ne t'aime pas la face.

Stéphane lui coupa la parole.

– Arrête donc de dire des conneries ! Ce n'est pas de sa faute, c'est simplement de la malchance.

– Malchance ou pas, il faut bien que j'arrange tout ça. Je n'irai pas au premier cours.

Tobie lui offrit son aide, mais Marilou la refusa gentiment. À ce moment, Geoffroi fit son entrée.

– Avez-vous vu ça, le casier tout peinturé ?

– Oui, il s'adonne que c'est le mien.

– Pour vrai ? Pauvre toi ! Je n'aimerais pas que ça m'arrive. Il y en a un de libre juste à côté du mien. Tu peux t'y installer, si tu veux.

– Parfait. Je vais y aller lorsque tout le monde sera rendu à son cours.

– Tu veux dire que tu sèches ton cours ? C'est pas gentil, ça. Tes parents ne seront pas fiers de toi !

– Ils comprendront. Et puis, ce n'est pas la fin du monde, sécher un cours.

Le timbre sonore retentit. Les étudiants se dispersèrent vers les classes tandis que Marilou se dirigeait vers le vestiaire. Elle commença à vider son casier en étalant tout son contenu sur le sol. Puis elle fit le ménage dans ses cartables. En ouvrant celui de français, elle vit une petite note en tomber. Il y avait un message écrit avec de grosses lettres détachées.

L'écriture était rouge vif et les lettres, légèrement déformées. L'auteur l'avait écrit d'une
main tremblante.

> Marilou, tu as fait une grave erreur en
> déménageant ici. Tôt au tard, j'aurai ta
> peau. Tu m'as volé mon petit ami et tu
> me le paieras cher, très cher...
>
> signé :
> Vengeance

Les lèvres de Marilou se mirent à frémir.
Quelqu'un lui voulait du mal... Elle n'avait
pourtant rien fait ! Tobie n'avait pas d'autre
copine ; Christine lui en aurait parlé... Alors,
pourquoi elle ? Pourquoi ?

Elle plia la note, qu'elle déposa dans sa
poche, puis transporta toutes ses choses dans le
casier voisin de celui de Geoffroi. Elle empoigna son manteau et fit claquer la porte. Le
bruit résonna dans le corridor désert. Puis elle
sortit prendre quelques bouffées d'air frais.

Marilou alla se promener dans le sous-bois,
à l'arrière de l'école. Elle avait besoin de réfléchir. Cet incident lui rappelait les coups de téléphone anonymes. Qui était cette inconnue
qui lui voulait tant de mal ?

Enfin, elle se demanda si le rat sous les
bancs au cinéma avait quelque chose à voir
avec toute cette histoire. Peut-être bien, car ce
soir-là, c'était la première fois que Marilou et
Tobie sortaient ensemble. Et la note retrouvée

dans son cartable prétendait qu'elle lui avait volé son petit ami. Peut-être aussi n'était-ce qu'un hasard.

Il lui était déjà arrivé trois incidents. Mais que se passait-il donc ? Tobie avait-il vraiment une petite amie avant que Marilou n'arrive ici ? Avait-il rompu à cause d'elle ? Elle n'en avait aucune idée. Il y avait Christine, mais cela remontait à près d'un an. Était-ce l'œuvre d'un jaloux ? Pour en avoir le cœur net, elle décida d'en parler à Tobie à la pause du matin.

Marilou frissonna. Le vent s'était levé. Elle changea de direction et retourna vers l'école. En attendant la fin du premier cours, elle s'assit sur un banc. Devait-elle parler de la note et des appels à quelqu'un ? Puis elle décida qu'il ne valait mieux pas. Pas tout de suite, du moins. Au son de la cloche, elle entra dans l'école et monta au bureau de la secrétaire.

– Bonjour, je me suis trouvé un casier. C'est le numéro 1427. Est-ce que le directeur sait qui a fait le coup ?

– J'ai bien peur que non. On n'a pas d'indices ni de preuves. Je ne crois pas qu'on puisse y faire grand-chose. Navrée.

– Ce n'est pas grave. Bonne journée !

Pourtant, Marilou doutait de réussir à l'oublier. Elle descendit à l'agora où Christine l'informa que Tobie devait se trouver à son casier. Elle s'y rendit.

– Salut Marilou ! Comment ça va ?

– Ça va. Qu'est-ce que tu fais ?

– Je cherche mon devoir de français. Où est-ce que j'ai bien pu mettre ça ?

– Ce n'est pas surprenant que tu n'arrives pas à le trouver. C'est le fouillis là-dedans !

– Très drôle. Il faudrait que je fasse un petit ménage bientôt.

– Tobie, il y a quelque chose que je voulais te demander. Est-ce que tu avais une copine avant que j'arrive ici ?

– Non, pourquoi cette question ?

– Pour rien.

– La dernière copine que j'ai eue, ça fait assez longtemps. C'était Christine. Mais ce n'était pas vraiment sérieux entre nous.

Le timbre sonore se fit entendre. Marilou embrassa Tobie avant d'aller ramasser son matériel dans son casier et de monter à son cours.

Vers cinq heures trente, la famille Levasseur était en train de souper autour de la table de la salle à manger.

– Tu sais, Marilou, il y a quelque chose de spécial cette fin de semaine-ci.

Elle se tourna vers sa mère.

– Ah oui ? Quoi donc ?

– C'est notre anniversaire de mariage.

– Excusez-moi, je l'oublie chaque année.

– Ce sera notre vingt-cinquième, alors on a décidé de fêter ça en grand !

– Nous allons faire un voyage dans le Sud.

— Chanceux! Combien de temps comptez-vous partir?

Pendant une semaine et demie, à compter de mercredi matin, Marilou allait goûter au plaisir d'une maison désertée par les parents : la liberté! Elle se leva de table.

— C'est super!

À dix-neuf heures, Marilou travaillait à ses devoirs. Quand elle eut fini, elle alluma la radio, prit une revue dans sa bibliothèque et s'assit sur son lit pour la feuilleter. Quelques minutes plus tard, la sonnerie du téléphone la fit sursauter. Elle se leva d'un bond pour aller répondre.

— Allô!

— Bonjour, c'est moi.

Cette voix ne lui était pas familière.

— Qui?

— Tu ne me reconnais pas?

— Non...

— Tu étais drôle à voir ce matin, lorsque tu as aperçu ton casier... Je ne l'ai pas manqué, hein? Prends garde à toi, Marilou... Ce ne sera pas la dernière fois... Tu me le paieras cher...

— Mais qui es-tu? Qu'est-ce que tu me veux? Je ne t'ai rien fait de mal...

— Ah! je t'aurai, Marilou...

Elle raccrocha d'un coup sec. Qu'avait-elle donc fait à cette mystérieuse personne pour qu'elle la harcèle ainsi?

Chapitre VI

Confidences

MARILOU se fit réveiller par le tintamarre de la pluie frappant contre la lucarne. Elle jeta un coup d'œil sur son réveille-matin. Il était déjà tard. D'un bond, elle sortit de son lit et se prépara en vitesse, courut jusqu'à son arrêt d'autobus où elle arriva juste à temps.

Elle ne cessait de penser à tous les événements qui s'étaient produits. Tout recommençait à bien aller. Elle avait réussi à surmonter la terrible épreuve de la disparition de Jessy. Et maintenant, d'un coup, les problèmes refaisaient surface.

Autrefois, lorsque l'inquiétude la gagnait, elle avait l'habitude d'aller se refugier dans les bras de Jessy. Il avait le don d'apaiser ses inquiétudes. Souvent, ils discutaient jusqu'à l'aube. Les jumeaux ne se comprennent-ils pas d'un simple regard ?

Mais il n'était plus là. Marilou n'avait plus personne vers qui se tourner.

Pendant son cours d'histoire, elle observa tout le monde en silence, à l'affût d'un coupable qui aurait pu se trahir par un geste. Son regard se posa sur Christine, qui lui inspirait confiance. Marilou décida de se confier à elle, de lui parler des appels anonymes, de la note dans son cartable et de tout le reste. Cette confidence la libérerait du poids qu'elle portait sur ses épaules. Juste avant que la cloche ne retentisse, Marilou alla rejoindre son amie.

– Christine, j'aimerais te parler confidentiellement. On pourrait dîner ensemble ce midi ?

– D'accord, Marilou. Tu peux compter sur moi. Qu'est-ce que tu dirais si on allait se gâter au restaurant ? C'est moi qui paye.

– Merci. T'es géniale !

– Il n'y a rien là. Quand tu veux, Marilou.

– Il ne faudrait pas que je commence à en abuser, ça te coûterait une petite fortune !

Au restaurant, elles commandèrent leur repas puis s'assirent à une table du fond.

– Bon, de quoi voulais-tu me parler, Marilou ?

– Christine, tu garderas ça pour toi, promis ?

– Certain, voyons ! Je ne suis pas du genre à aller crier sur les toits les confidences que mes amies me font. Tu peux me faire confiance.

– D'accord. Tu te rappelles vendredi soir, au cinéma ?

– Bien sûr. Qu'est-ce qu'il y a ?

– Tu sais le rat mort, ce n'était ni une farce plate ni un hasard.

– Pourquoi dis-tu ça ?

– C'était un avertissement. Ça m'était personnellement adressé.

– Comment peux-tu le savoir ?

– Parce que depuis vendredi soir, plusieurs incidents se sont produits. Et chaque fois, c'était une menace.

– Ça n'a peut-être aucun rapport avec toi.

Elle lui raconta l'appel téléphonique. Lorsqu'elle enchaîna avec la note retrouvée dans son casier, Marilou avoua que ses craintes s'intensifiaient. Elle sortit la fameuse note de sa poche. Christine la parcourut des yeux.

– « Tu m'as volé mon petit ami ? » Mais de quoi parle-t-elle ? Personne ne sortait avec Tobie avant toi. C'est bizarre…

– Je lui ai demandé s'il avait eu une copine avant moi. Il m'a répondu que la dernière qu'il avait eue, c'était toi.

– C'est peut-être une fille qui est jalouse de toi. Ça arrive souvent, des trucs comme ça.

– Oui, mais à ce point-là ? Encore hier soir, j'ai reçu un de ces mystérieux appels. La personne se vantait d'avoir mis du désordre dans mon casier. Avant de raccrocher, elle a soupiré : « Je t'aurai Marilou, je t'aurai… » C'est quand même bizarre parce que le premier incident s'est produit au cinéma. Et ce soir-là, c'était la première fois que Tobie et moi sortions ensemble. Je ne sais plus quoi penser, Christine. Si tu savais comme c'est confus dans ma tête !

— Je suis là, Marilou. Ne t'inquiète pas, tout rentrera dans l'ordre.

— Une chance que tu es là. Je ne pense pas que j'arriverais à comprendre toute seule. Avant, je racontais tout à Jessy, mon frère. Ça me fait tant de peine qu'il ne soit plus là.

— Tu as un frère ?

— Oui, un frère jumeau. Mais j'ignore où il est. Il est peut-être mort…

D'une voix tremblante, Marilou raconta les événements qui les avaient cruellement séparés.

— Cette fameuse nuit, j'ai versé toutes les larmes de mon corps. Quand j'ai vu l'agresseur partir avec Jessy dans ses bras, j'ai pris conscience que c'était peut-être la dernière fois que je le voyais. Ça m'a fait un tel choc ! Pourtant, au fond de moi, il y a un petit quelque chose qui me dit sans cesse de garder espoir. Je suis certaine qu'il pense à moi, mais qu'il ne peut communiquer avec personne. Je voudrais tellement que Jessy revienne !

Les yeux bleus de Marilou se gonflèrent, puis laissèrent échapper quelques larmes.

– Ça fait toujours mal de perdre un être cher. Il y a cinq ans, j'ai perdu une de mes tantes. Elle était atteinte d'un cancer. C'était ma tante préférée. Sa mort a eu sur moi l'effet d'un coup de poignard au cœur.

Christine jeta un coup d'œil furtif à sa montre.

– Assez parlé ! Il faut y aller si on ne veut pas être en retard au cours.

Elles enfilèrent leur manteau, prêtes à affronter la bourrasque qui s'était levée. Marilou se sentit soulagée. Cela lui avait fait du bien de partager ses craintes avec Christine.

Durant le cours d'anglais, M. Lamoureux expliqua la nature du prochain travail. Il s'agissait de composer un texte à donner des frissons dans le dos, en rapport avec la fête de l'Halloween qui approchait à grands pas.

– Vous pourrez travailler en équipe si vous le désirez, mais un maximum de trois élèves par équipe. Tous vos travaux devront être déposés sur mon bureau au plus tard vendredi à trois heures trente.

– Monsieur, quelle est la longueur du texte ?

– De deux à quatre pages. Vous aurez toute la période jeudi pour y travailler, alors assurez-vous d'avoir choisi votre sujet. Je vous distribuerai une feuille contenant tous les détails nécessaires à la fin du cours. Maintenant, sortez votre cahier d'exercices à la page trente-neuf.

Marilou chuchota à Geoffroi, assis juste en face d'elle, qu'ils se rencontreraient à la bibliothèque après l'école pour commencer leur texte. Il le répéta à Tobie, devant lui. Ce dernier se retourna et adressa un clin d'œil complice à la jeune fille.

Après le dernier cours, Marilou rejoignit Tobie à son casier.

– Salut Marilou ! Ouf ! Une autre journée de terminée !

– Pas tout à fait… Tu fais quelque chose ce soir ?

– Non, pourquoi ?

– Je sais que ta moyenne en mathématiques est plutôt élevée, alors que la mienne est en chute libre. Est-ce que tu veux venir étudier avec moi ?

– Bien sûr ! Pour toi, n'importe quoi.

– Alors chez moi, vers sept heures trente ?

– D'accord !

– Bon, allons rejoindre Geoffroi à la biblio. Il doit sûrement nous attendre.

Ils traversèrent le boulevard en face de l'école, en direction de la bibliothèque. Dans le hall du bâtiment, Geoffroi les attendait, assis sur un banc.

– Bon, vous êtes là, vous deux !

– Désolé, Geoffroi, on lambinait un peu.

– Ce qui n'est pas nouveau dans ton cas, hein Tobie ?

– Que veux-tu ! Chacun ses défauts ! Certains chantent comme une casserole sous la douche tous les matins… Ça ne te rappelle pas quelqu'un, ça, hein Geoffroi ?

— Tu vas ravaler ce que tu viens de dire, mon vieux !

Il partit à la course pour rattraper Tobie, ce qui déclencha le fou rire de Marilou. Après s'être calmés, ils entrèrent dans la bibliothèque. Ils décidèrent de jeter un coup d'œil aux microfilms. Il y avait toutes sortes d'histoires insolites, mais pas une n'était assez effrayante à leur goût.

— Désolée, les gars, mais je dois y aller, dit Marilou. Continuez de chercher, puis on s'en reparlera, d'accord ?

— Si on arrive enfin à trouver quelque chose !

— Salut Geoffroi ! À plus tard, Tobie !

— Salut !

Puis Marilou passa la porte.

— À plus tard ? s'enquit Geoffroi.

— Je vais l'aider avec les mathématiques, ce soir.

— Ah oui ? Et tu penses que vous allez simplement étudier ?

— Ne dis pas de conneries. Tu sais qu'il y a un examen de maths bientôt !

— Ça va bien entre vous deux ?

— Ça ne fait même pas une semaine qu'on sort ensemble, mais je suis certain que ça durera. Quand je l'ai vue pour la première fois, je pense que j'ai eu le coup de foudre. Tu es bien indiscret tout à coup !

– J'ai bien le droit de savoir ce qui se passe dans la vie intime de mon meilleur ami !

– Peut-être… Et toi ? Tu ne t'es pas encore trouvé personne ? Tu sais, c'est vendredi la danse, pas dans trois mois !

– T'en fais pas, c'est dans la poche. J'ai une fille en tête, et je crois que cette fois, ce sera la bonne.

– Écoute, tu peux aller fouiller dans les rayons pendant que je continue avec ce truc.

Il se mit en position militaire.

– À vos ordres, chef !

Tobie continua de chercher dans l'ordinateur : il n'y avait rien d'intéressant. Soudain, il écarquilla les yeux.

– Geoffroi ! Viens ici ! J'ai trouvé quelque chose !

– Ah oui ? un homme qui se transforme en loup-garou, les soirs de pleine lune ?

– Non, ça n'a aucun rapport avec le cours d'anglais. Jette un coup d'œil à ça.

– Mais c'est Marilou !

– Exact ! Regarde l'autre personne sur la photo. Ils se ressemblent drôlement, n'est-ce pas ? Lis l'article.

Geoffroi s'exécuta.

– Ça alors ! C'est pas vrai !

– Malheureusement oui. Marilou avait un frère jumeau. Tu as remarqué l'expression sur son visage l'autre jour lorsque Stéphane lui a demandé si elle avait des frères ou des sœurs ?

– Non, je n'y ai pas porté attention.

– Elle avait l'air complètement effrayée. Pauvre Marilou ! Cette histoire n'a pas dû être facile pour elle. Elle ne doit pas vouloir en parler, c'est pour ça qu'elle évite le sujet. C'est tout à fait normal.

– Et on fait quoi, nous, monsieur le psychologue ? On lui dit qu'on est au courant ou pas ?

– Il vaut mieux se taire.

– Tu as sans doute raison. Allez, on s'en va.

Chapitre VII

Surprise à la fenêtre

DING DONG !
Marilou se dirigea en vitesse vers le vestibule. Elle ouvrit la porte sur un Tobie extrêmement souriant.

— Salut ! Tu es juste à l'heure. Pourquoi ce large sourire sur ton visage ?

— Je suis content de te voir…

Elle lui prit la main et les deux amoureux montèrent au grenier. Ils s'apprêtaient à étudier quand Tobie vit la photo de Jessy et Marilou sur la table de chevet. Il la prit entre ses mains. Avec un ton détaché, il demanda de qui il s'agissait.

— Oh ! c'est… mon cousin !

— La ressemblance est frappante. Si je ne te connaissais pas si bien, je dirais que tu as un frère jumeau.

Marilou détourna le regard. Elle ne souhaitait pas avoir à déterrer son passé.

Tu ne me connais pas si bien, au contraire...

– Ah oui ? dit-elle. Tant que ça ? On était très proches.

– Vous *étiez* proches ? Qu'est-ce qui s'est passé ?

– Il a déménagé en Australie, il y a quelques mois.

– En Australie ? Ce n'est pas à la porte.

– Non, je sais. Changeons de sujet, d'accord ? Si on commençait nos maths ?

– Très bien.

Il lui expliqua quelques règles d'algèbre, puis ils attaquèrent la trigonométrie. Le bruit d'un objet frappant la vitre les tira brusquement de leur travail. Marilou murmura :

– C'est sûrement un oiseau qui s'est écrasé le bec contre la fenêtre.

– Il serait tombé sur le rebord, non ?

– Peut-être est-il tombé sur la pelouse.

– C'est possible.

Elle regarda à l'extérieur, où des étoiles perçaient le ciel obscurci. Son regard fut attiré vers le sous-bois. Elle perçut un mouvement, comme si quelqu'un tentait de se camoufler. Mais Marilou essaya de se convaincre qu'il s'agissait d'un animal sauvage.

– Tu as raison. C'était probablement un oiseau.

Ils retournèrent aux mathématiques. Vers neuf heures trente, ils descendirent à la cuisine pour avaler un morceau de gâteau au chocolat. Puis Tobie retourna chez lui.

Une fois au grenier, Marilou s'étala de tout son long sur le lit. Elle pensait à Tobie. Il était si beau, si gentil ! Un grand bonheur traversa son corps tout entier. Soudain, la sonnerie du téléphone la sortit de sa rêverie.

— Allô !

Silence.

— Il y a quelqu'un ?

— Bonjour Marilou, ma victime favorite... J'ai une autre petite surprise pour toi... On va se marrer tous les deux...

— Fous-moi la paix ! Je n'ai rien à voir dans ton histoire ! Tu te trompes de personne !

Elle raccrocha.

Quand donc ce harcèlement cesserait-il ?

Elle enfila sa robe de nuit et se glissa lentement sous ses couvertures.

Lentement, elle marchait seule dans le silence noir de la nuit. Elle ne distinguait presque rien. Peu à peu, elle perçut des appels à l'aide. Au fur et à mesure qu'elle s'enfonçait dans cet univers ténébreux, de la fumée grisâtre s'élevait du sol. Les appels au secours s'intensifiaient.

Elle aperçut un halo au bout d'un étroit sentier. Un homme se tenait debout. Il était de noir vêtu et à son cou pendait un médaillon d'aigle en argent qui éblouissait. Dans sa main droite, il tenait fermement un poignard.

Marilou s'enfuit dans la direction opposée. L'inconnu s'élança à sa poursuite. Elle courait à en perdre le souffle.

Tout à coup, elle se retrouva dans une pièce minuscule, bien éclairée et comportant une vingtaine de portes. Elle en ouvrit une au hasard. Un cadavre s'écroula par terre. Elle le retourna, puis reconnut Tobie. Elle hurla et tomba à genoux à ses côtés. Les pas pressés de l'agresseur s'approchaient de plus en plus. Elle se releva, ouvrit une deuxième porte et distingua le corps d'Ève, pendu, un filet de sang dégoulinant de sa bouche. Elle se risqua à ouvrir une troisième porte. La dépouille de Geoffroi roula à ses pieds. L'assaillant était tout près, maintenant.

Les portes disparurent subitement, à l'exception de deux : une grande et une petite. Marilou tourna la poignée de la première porte.

Les corps de Karen, Christine, Stéphane et Vincent dévalèrent sur le sol. Elle ouvrit la dernière porte. C'était sa dernière chance, son ultime espoir. À ses pieds, le néant. Elle fit un pas en arrière. Alors, l'inconnu apparut à ses côtés. Elle sentait son haleine chaude sur son visage. D'un geste lent, l'agresseur commença à retirer son masque.

Marilou se réveilla en sueur.

Encore cet horrible cauchemar ! Depuis le départ de Jessy, il était revenu des dizaines de fois. Elle reprenait toujours conscience au moment de découvrir l'identité de l'agresseur. C'était cependant la première fois qu'elle rêvait à ces portes et à ces cadavres.

Les larmes aux yeux, elle alla s'éponger la figure dans la salle de bains et retourna se coucher. La sonnerie du téléphone retentit. Marilou eut un mouvement de recul.

Non, non ! Arrêtez de m'achaler... Je ne suis coupable de rien... Ce n'est pas de ma faute... Je n'ai pas volé le petit ami de personne... Laissez-moi tranquille...

Elle décrocha finalement, ne voulant pas que la sonnerie réveille ses parents.

– Oui !

– Je t'ai dit que je t'avais préparé une petite surprise. Tu aimes les surprises, n'est-ce pas ? Ne t'inquiète pas, je ne t'ai pas oubliée. Jette un coup d'œil au rebord de ta fenêtre... Il y a un petit quelque chose juste pour toi... Amuse-toi bien... À bientôt, Marilou chérie...

Le récepteur glissa des mains de Marilou. Le son de la tonalité perçait le silence de la pièce. Elle se dirigea vers la lucarne, hypnotisée. Lorsqu'elle l'ouvrit, une brise hivernale caressa son visage. Du bout des doigts, elle balaya le rebord de la fenêtre. Elle toucha un objet visqueux, enfoui sous quelques vieilles feuilles sèches. Elle le prit entre ses doigts.

Une substance fluide et rougeâtre s'écoulait d'un œil vitreux qui semblait fixer Marilou. La masse se répandit dans sa paume et pénétra lentement entre ses doigts. Un papier y était attaché à l'aide d'une ficelle. La feuille contenait un petit message écrit en lettres de sang. Elle lut le message et s'effondra au sol. Aussitôt, d'horribles souvenirs revinrent à sa mémoire.

Marilou, tu ne m'as pas écoutée. Tu as continué de flirter avec mon Tobie. Je t'avais prévenue. Tu es allée trop loin. Tu devras payer le même prix que ton frère adoré…

signé :
Vengeance

Elle resta recroquevillée dans le coin de la pièce, tenant le papier entre les mains, pleurant à chaudes larmes. Depuis des mois, elle avait tenté d'oublier son frère. Et maintenant, voilà que tout recommençait. À la seule idée que l'agresseur l'eût retracée, elle tremblait de tous ses membres. Allait-elle subir le même sort ?

Je ne veux pas mourir !

Chapitre VIII

Le costume d'Halloween

MARILOU ne se sentait pas en état d'aller à l'école. Après les événements de la veille, elle avait besoin de se détendre. Ses parents venaient de partir en voyage. C'était la première fois qu'ils s'éloignaient pour une aussi longue période. Elle se promit d'en profiter.

À l'extérieur, c'était nuageux. Cette température lui donna le goût de rester couchée, aussi ne se leva-t-elle qu'à onze heures. Elle descendit au salon pour regarder la télévision mais rien d'intéressant n'y était présenté. Elle prit ensuite un bouquin et lut les premières pages, puis le remit à sa place et retourna à la cuisine. Sur la table, elle vit les clés de l'auto ainsi qu'un petit message.

Nous avons pris un taxi ; la voiture est dans l'entrée. Tu peux l'emprunter. Sois prudente ! Ton papa et ta maman qui t'aiment.

Elle enfouit les clés dans sa poche, enfila son chandail de laine, puis verrouilla la porte derrière elle.

Marilou roula jusqu'au centre commercial, heureuse de son indépendance nouvelle. Pour les dix prochaines journées, elle avait une voiture et une grande maison à elle toute seule. Elle pouvait faire l'école buissonnière quand elle le désirait ! Elle pensa inviter ses amis à venir passer la fin de semaine chez elle. Elle serait en sécurité avec eux dans la maison. Mais une chose était certaine : elle allait bien s'amuser !

Une fois la voiture stationnée, Marilou entra dans le centre commercial. Elle se rendit dans une boutique spécialisée en déguisements. Quel genre de costume porterait-elle pour la soirée d'Halloween ? Elle essaya plusieurs modèles, puis choisit un ensemble de joueur de football.

Plus tard, alors qu'elle flânait d'une boutique à l'autre, Marilou reconnut des éclats de voix. Elle se retourna et aperçut Stéphane et Vincent.

— Salut les gars ! Qu'est-ce que vous faites ici ?

— On devrait te poser la même question, répondit Vincent.

– Mes parents sont partis en vacances, alors je me paye un petit congé.

– Eh bien ! nous aussi, on s'offre un petit congé, même si nos parents ne sont pas à l'extérieur de la ville ! dit Stéphane.

– Dites donc, vous avez prévu une activité pour la fin de semaine ?

– Non, pas moi. Toi, Stéphane ?

– Rien de très important, pourquoi ?

– Comme mes parents sont absents, je vous invite tous chez moi. On pourra faire ce qu'on veut. On ne dérangera pas les voisins, ils sont à un demi-kilomètre !

– Génial ! s'exclama Stéphane.

– Lorsque je t'ai rencontrée pour la première fois, tu avais l'air bien sage. Mais plus je te connais, plus je t'aime !

– Vous allez à la danse vendredi soir ?

– Certain !

Stéphane semblait hésitant.

– Moi, je ne sais pas. Je n'ai personne pour m'accompagner.

– Vas-y avec Ève ou bien Christine. Entre amis, bien sûr !

– Qui vous dit qu'elles ne se sont pas déjà trouvé quelqu'un ?

– Christine n'accompagne personne, elle m'en aurait glissé un mot. Téléphone-lui ce soir.

– D'accord.

– Stéphane, pourquoi es-tu si intimidé lorsqu'il s'agit d'inviter une fille ? Quand même, tu connais Christine depuis la sixième année !

— Ce n'est pas si simple, Vincent. Je ne suis pas comme toi, c'est tout.

— Je suis sûre qu'elle acceptera. Tu n'as pas à t'en faire avec ça, dit Marilou.

— Je le ferai. Qu'est-ce que tu as dans ce sac ?

— C'est mon costume. Je viens tout juste de l'acheter.

— C'est quoi ?

— C'est un secret. Vous le saurez vendredi.

— S'il te plaît, Marilou ! Juste à nous deux !

— Si vous le savez, tout le monde le saura, alors…

— Tu ne nous fais pas confiance ?

Elle secoua légèrement la tête. Tous trois firent la tournée des magasins pendant une bonne partie de l'après-midi. Puis, vers quatre heures, Marilou offrit aux garçons de les reconduire.

De retour à la maison, Marilou entendit la sonnerie du téléphone. Elle se précipita sur l'appareil.

— Oui !

— Salut Marilou ! Comment ça va ? Tu es malade, aujourd'hui ?

— Salut Tobie ! Non, je suis en parfaite santé. Mes parents sont partis en voyage, alors…

– Rebelle! Qu'as-tu fait de ta journée?

– Je me suis déniché un costume pour la danse. Tu vas voir, il est formidable!

– Tu vas rire quand tu verras le mien! C'est plutôt... différent de moi.

– Ah oui? Eh bien moi aussi! Je sens qu'on va s'amuser!

– Au fait, j'appelais pour te dire que Geoffroi et moi, on a trouvé une histoire pas mal sautée pour le texte d'anglais. Est-ce que tu as des travaux ce soir?

– Rien de bien urgent. Vous venez chez moi?

– C'est parfait. On arrive dans environ vingt minutes. À tout de suite!

Lorsque Geoffroi et Tobie arrivèrent, ils s'installèrent dans la cuisine. Ils rigolaient plus qu'ils ne travaillaient, et laissèrent tout tomber après avoir écrit la situation initiale et les différentes péripéties, gardant la conclusion pour plus tard.

Ils se mirent à parler de la danse. Tobie voulait savoir qui accompagnait son meilleur ami.

– Tu te rappelles la fille dont je t'ai parlé? Ce matin, j'allais lui demander de m'accompagner à la danse et là, le capitaine de l'équipe de football...

– Le grand blond d'un mètre quatre-vingt-sept aux épaules larges comme un congélateur?

– Oui, c'est ça. Il est arrivé et l'a enlacée dans ses bras. Alors j'ai fait de l'air... Tu vois ce que je veux dire?

– Eh ! sacré Geoffroi, toujours aussi mal-chanceux en amour !

– Je vous défends de rire ! C'était juste un coup de malchance.

– Tu répètes tout le temps la même banalité !

– Bien oui, c'est ça. Vous avez trouvé votre costume ?

– Il est dans ce sac, là-bas, sur le comptoir. Et je ne vous le montrerai pas avant vendredi soir !

– Je sens que cette année, ce sera la meilleure soirée d'Halloween depuis long-temps ! s'exclama Tobie.

– Qui a dit que c'était une fête pour les enfants ?

– Les gars, c'est parfois ce que vous êtes, vous deux ensemble : de vrais enfants !

Geoffroi et Tobie se jetèrent un coup d'œil.

– Tu laisses ta blonde nous parler ainsi ? Franchement, Tobie, tu me déçois !

– Vous êtes peut-être deux enfants, mais une chose est certaine : on ne s'ennuie jamais avec vous !

– C'est beaucoup mieux ! Tu te rappelles, Tobie, nos costumes de l'an dernier ? On avait l'air complètement débile !

– Oui ! toi en abeille et moi en marguerite !

– On avait gagné le deuxième prix !

– Ç'a dû être beau à voir : une abeille avec une marguerite !

Marilou échappa un fou rire.

– Il n'y a pas à dire…

— Je n'en doute pas, Tobie ! Vous voulez que je vous montre les photos de mes costumes d'Halloween ?

— Oui, montre-nous ça, lâcha Geoffroi. On veut rire de toi, nous aussi !

— Je vais les chercher. Je reviens dans deux minutes.

Elle monta à sa chambre, ouvrit le tiroir où elle rangeait son album, mais il ne s'y trouvait pas. Marilou jeta un coup d'œil dans les autres tiroirs, mais les photos restaient introuvables. Elle vérifia sous son lit, dans une boîte encore pleine de trucs, puis sur les étagères de sa bibliothèque. Toujours rien. Elle examina en vain la tablette de sa garde-robe. Finalement, elle redescendit à la cuisine, bredouille, à la grande déception de Geoffroi et de Tobie.

— Je suis désolée, les gars. Je vous les montrerai une autre fois, lorsque je les aurai retrouvées.

— Oh non ! On ne peut plus se moquer de toi ! Ce n'est pas juste, Marilou !

— Je ne suis pas inquiète, Geoffroi. Tu trouveras bien autre chose pour te racheter !

Elle offrit à boire à ses deux invités, puis ils allèrent se caler bien confortablement sur le divan du salon. Ils regardèrent la fin d'un vieux film policier. Puis, vers vingt-deux heures trente, Geoffroi et Tobie retournèrent bien sagement chez eux.

Une vingtaine de minutes plus tard, la fatigue rattrapa Marilou. Elle se rendit à la cuisine prendre le sac dans lequel se trouvait son costume. Elle monta les escaliers, le sourire aux lèvres. Elle décida d'enfiler à nouveau son déguisement pour choisir les accessoires. À bien y penser, il ne lui restait plus qu'à se dénicher un casque. Son père devait sûrement en posséder un quelque part dans ses affaires. Il avait joué longtemps au football à l'université.

Marilou sortit le costume de son sac et un bout de papier tomba à ses pieds. Elle le ramassa, le retourna entre ses doigts.

Stupeur ! C'était une photo d'elle et de Jessy. Un grand X marquait la figure de son jumeau. Au-dessous, les mots suivants : « Jessy : éliminé... » Le visage de Marilou était entouré d'un cercle inégal et surmonté de l'inscription « Marilou : ma prochaine victime... » Au bas de la photo, en post-scriptum, le mystérieux inconnu avait ajouté :

Tu te retrouveras très bientôt dans le même monde que ton petit frère...

– Non ! Jessy n'est pas mort ! Et je ne mourrai pas !

Elle déchira la photo et courut jusqu'au salon pour lancer les morceaux dans le foyer.

Elle y mit le feu.

Chapitre IX

Mystérieuses apparitions

MARILOU s'étendit sur le tapis moelleux devant le foyer et se laissa hypnotiser par les flammes qui dansaient. Elle eut l'impression que son âme devenait légère, qu'elle voguait dans une enveloppe d'air pur. À l'horizon, il n'y avait que du blanc, que du vide. Une douce chaleur l'embrassait, pénétrait sous sa peau jusqu'à son âme. Elle n'avait jamais vécu une telle sensation de plénitude auparavant.

Tout commença à s'assombrir, tel un soleil dissimulé derrière d'épais nuages. Elle entendit des murmures, des syllabes incohérentes, causant un désarroi profond dans sa tête. Brusquement, un jet de lumière éblouissante l'envahit. Un jeune homme apparut au loin, faisant de grands signes désespérés. Marilou plissa les yeux pour distinguer le visage. Peu à peu, elle reconnut les traits de son frère. L'écho de sa voix parvint jusqu'à elle, la suppliant de faire demi-tour, de fuir, de retourner d'où elle était venue. De ne pas s'en faire pour lui. Le son de sa voix s'affaiblit peu à peu, puis mourut. Elle réussit tout de même à discerner des bribes de sa dernière phrase : « Ne laisse jamais... retrouver... et te... blesser... » Ensuite, tout devint flou.

Marilou sursauta au crépitement des braises. Elle était en sueur. Elle porta la main à son cou et se sentit mieux après avoir serré très fort entre ses doigts la petite pierre qu'elle portait au bout d'une chaîne. Un cauchemar ? Cette expérience lui avait paru trop réelle, trop intense pour n'être qu'un simple rêve.

Elle avait déjà lu dans des livres que, chez certaines personnes, l'âme pouvait quitter le corps temporairement et communiquer avec le royaume des morts. Mais elle se convainquit qu'il s'agissait d'un mauvais rêve, comme tous les autres d'ailleurs. Elle refusait d'accepter la mort de Jessy.

Marilou marcha lentement vers la cuisine, où elle se servit un verre d'eau. Puis elle alla se recoucher mais fut incapable de dormir, tant ses pensées défilaient à vive allure dans son esprit.

Le lendemain fut difficile pour Marilou. Deux de ses professeurs lui firent remarquer son insouciance.

— Marilou! cesse de te coucher sur ton bureau! Tu n'es pas dans ton lit!

Pendant la pause de l'après-midi, elle rejoignit Christine à son casier.

— Tu as une minute? Je voudrais te parler.

— Vas-y, je t'écoute.

— Tu sais, les appels anonymes, les messages et tout?

— Ne me dis pas que ça continue!

— J'ai bien peur que oui. Hier soir, lorsque j'ai sorti mon costume de son sac, j'ai trouvé une photo gribouillée de Jessy et de moi. Une photo semblable à celle qui est sur ma table de nuit. Hier, Tobie et Geoffroi sont venus faire un travail d'anglais chez moi. Durant la soirée, j'ai voulu leur montrer mon album mais je ne l'ai pas trouvé.

Christine se mit à tortiller une mèche de ses cheveux blonds, l'air songeur.

— C'est quand même curieux…

— Tu sais ce qu'il y avait d'écrit sur la photo?

— Non, quoi?

— On a fait un X sur Jessy, puis au-dessus, on a écrit « Jessy : éliminé ».

— Non…

— Ma figure était encerclée, puis c'était inscrit, « Marilou : ma prochaine victime ».

— Ce n'est plus drôle! Ça devient grave. La personne qui te harcèle depuis une semaine connaît ton passé. Je crois que tu cours un très grand risque, Marilou. Surtout que tu es seule chez toi jusqu'à la semaine prochaine… Il faut faire quelque chose pour arrêter tout ça. Prévenir la police, peut-être ?

— Non, Christine ! Laisse la police en dehors de cette histoire. Ça ne ferait qu'aggraver la situation. À deux, on peut s'en sortir.

— C'est toi qui décides, Marilou…

— Aussi, mardi soir, on a lancé quelque chose à ma fenêtre. C'était vraiment dégueulasse. C'était un œil vitreux accompagné d'un message. Il disait qu'il m'arriverait la même chose qu'à Jessy si jamais je continuais de fréquenter Tobie.

— Non mais… Il y a une affaire qui cloche. L'auteur des méfaits, c'est une fille jalouse de toi parce que tu sors avec Tobie ?

— On dirait bien…

— La personne qui a enlevé ton frère, c'était un homme ou une femme ?

— J'en sais rien. Je n'ai pas vu son visage. Mais ça me semblait être un homme.

— Alors, ce n'est pas l'agresseur de Jessy qui s'amuse à t'écrire des messages. C'est simplement une fille jalouse qui est au courant de l'enlèvement de ton frère.

— Peut-être bien. C'est vrai, je n'y avais pas songé. J'étais trop confuse pour essayer de comprendre. Ça soulage un peu, quand même…

— Mais ça ne veut pas dire non plus que le danger soit écarté. Tu dois rester sur tes gardes.

– De toute façon, tout le monde vient passer la fin de semaine chez moi. Je serai en sécurité. Dis donc ! Est-ce que tu connais l'occultisme ?

– Non, pas vraiment. Pourquoi cette question ?

– J'étais en train d'oublier. Il m'est arrivé une expérience exceptionnelle, hier soir.

Marilou lui relata ce rêve étrange : le feu, le sentiment incroyable de légèreté, la vision de son frère et ses paroles confondues.

– C'est tout un rêve ! Peut-être est-ce un rêve prémonitoire ?

– Non, je pense que ce n'était même pas un rêve. C'était trop… réel ! Je peux facilement me remémorer la voix de Jessy, une voix angoissée.

– Tu penses vraiment que tu es entrée en communication avec Jessy ?

– Peut-être qu'il essayait de me prévenir contre l'agresseur qui me poursuit ?

– Je ne veux pas que tu paniques, mais la plupart du temps, d'après ce que j'ai déjà lu, on entre en communication avec les personnes qui sont… décédées.

– Mais Jessy n'est pas mort !

Le cri de Marilou fut assez puissant pour faire retourner des têtes.

– Il ne peut pas être mort, reprit-elle. Il me semble que je le saurais ! Je ressentirais quelque chose d'étrange, de spécial…

Elle éclata en sanglots. Christine s'approcha et la prit dans ses bras.

– Ça va aller, Marilou, ça va s'arranger. Tu as sûrement fait un cauchemar.

– Espérons que ce soit ça…

Alors que Marilou s'empressait d'essuyer ses larmes, elles montèrent finalement à leur dernier cours. À la fin de la journée, Marilou avait invité tous ses amis pour la fin de semaine.

Vincent les avait invités chez lui ce soir, pour jouer quelques parties de billard et regarder un film. Mais seulement Marilou, Christine, Geoffroi et Ève y seraient, les autres étant pris par des devoirs.

De retour à la maison, Marilou pensa de nouveau à Jessy. Qu'avait-il donc essayé de lui révéler ? Elle était certaine qu'il lui avait dévoilé le nom de son agresseur, mais il était trop loin pour que le son de sa voix parvînt correctement jusqu'à elle. Elle voulut tenter de lui parler de nouveau.

Elle s'étendit sur son lit, ferma les yeux et prit une grande inspiration. Elle voyait dans sa tête le visage de son frère. Elle se concentrait très fort et y mettait toute son énergie. Rien ne semblait survenir. L'expérience précédente avait sans doute été trop intense, trop unique pour se reproduire une seconde fois.

Elle était sur le point de tout laisser tomber lorsqu'un bruit strident vint lui percer les tym-

pans, la tirant de sa phase somnolente. Le téléphone. Marilou souleva le récepteur.

– Oui !

– Dis donc, ça t'en a pris du temps pour
décrocher !

– Oh ! excuse-moi, Christine ! J'ai dû
m'endormir.

– Eh bien ! tu viens chez Vincent ? On t'attend pour commencer la partie. Tous les
autres y sont déjà.

– Oui, oui, j'arrive ! À tout de suite !

– OK, qui joue avec qui ? demanda vive-
ment Geoffroi.

Ève proposa que les filles affrontent les garçons. Vincent s'en moqua, déjà assuré de leur
victoire.

– Attention, Vincent Clermont ! Ève,
Marilou et moi, on forme une équipe du
tonnerre !

– Ne parle pas si vite ; je n'ai jamais joué à
ce truc.

– J'ai entendu ça, Marilou ! dit Geoffroi.
On peut faire une exception : avant de commencer la partie, je vais te donner un cours
privé, d'accord ?

– En tout cas, ça ne pourrait pas me
nuire...

Geoffroi tendit sa baguette à Marilou et
en prit une autre. En se rapprochant, il plaça

correctement la main de Marilou sur sa baguette, puis lui montra comment frapper. Elle avait l'impression qu'il la collait d'un peu trop près, mais n'en fit pas de cas. Que ferait Tobie s'il était là ? Bah ! Geoffroi ne lui montrait qu'à jouer au billard et il n'y avait aucun mal à ça !

Marilou n'était pas médiocre pour une débutante. Elle se débrouillait bien. Finalement, après une partie serrée, les gars remportèrent la victoire ; l'honneur de Vincent fut sauf. Ils s'apprêtaient à en jouer une autre, mais Marilou préféra les regarder étaler leur savoir-faire. Elle s'assit, prit une revue qui traînait sur la petite table et la feuilleta. Comme elle changeait de position, un petit objet lui pinça la cuisse. Elle se souleva un peu, le ramassa et l'examina. Elle savait à qui appartenait cette petite pierre verdâtre, sur laquelle était inscrite la lettre M. Cette pierre était le complément de la sienne, qui portait un J.

Ces petits porte-bonheur étaient fabriqués par paire. Lorsqu'on les joignait, les deux pierres n'en formaient plus qu'une seule. Elle en possédait une, et l'autre appartenait à Jessy.

Il n'en existait pas beaucoup du genre — ils les avaient achetées au Mexique d'un marchand de rue — et pas plus d'une paire ne coïncidait parfaitement. Jessy et Marilou possédaient les leurs depuis l'âge de dix ans. C'était une preuve de leur union, une sorte de promesse de fraternité pour la vie. Et maintenant que Jessy était parti, Marilou tenait beaucoup à cet objet.

Elle regarda en direction de la table de billard. Ses amis étaient absorbés par le jeu. Elle glissa la petite pierre verte dans la poche de son jean et se leva pour se rendre à la salle de bains. Elle gardait la sienne accrochée à une chaîne dont elle ne se séparait pratiquement jamais. Elle sortit la pierre qu'elle avait trouvée et retira la chaîne de son cou. Elle unit les deux petites pierres et celles-ci s'imbriquaient parfaitement ensemble. Un sentiment indescriptible l'envahit et la secoua. Si ce porte-bonheur appartenait vraiment à Jessy, comment s'était-il trouvé sur le divan de Vincent ?

Marilou retourna près des autres, pensive. Et si ce monstre qui la harcelait était l'un de ses amis ? C'était impossible ; personne à part Christine ne savait qu'elle avait un frère. Elle ne ferait jamais des choses pareilles, c'était sa meilleure copine. Mais un doute subsistait dans son esprit. Pouvait-elle vraiment faire confiance à ses amis ?

— Oh ! génial, Christine ! Tu ne pouvais pas mieux leur placer le jeu !

— Ce n'est quand même pas ma faute, Ève ! Je ne fais pas exprès !

Pendant que les filles se disputaient, Geoffroi termina la partie grâce à quelques coups bien réussis.

— Si on allait écouter le film que j'ai loué ? C'est un super bon suspense, juste comme tu les aimes, Marilou !

Elle lui fit un sourire forcé. Ils prirent place sur les divans. Christine murmura à Marilou :

— Je me mêle peut-être de ce qui ne me regarde pas, mais tu n'as pas remarqué la façon dont Geoffroi t'a regardée toute la soirée ?

— Comme d'habitude, quoi ? Je n'ai rien remarqué d'anormal.

— Et tout à l'heure, lorsqu'il te montrait à jouer au billard ?

Marilou avait noté ses agissements. Mais un vague malaise l'empêchait de l'avouer.

— Il blaguait, comme toujours. Serais-tu jalouse ?

Christine fixa Marilou, tout à fait surprise de son emportement. Elles restèrent ainsi pendant une dizaine de secondes.

— Oh ! excuse-moi, je suis fatiguée ! Je dis n'importe quoi.

— C'est correct, c'est déjà pardonné.

— Alors, les deux mémères, on regarde le film, ou quoi ? lança Vincent.

Marilou trouva une excuse pour s'esquiver.

— Je pense que je ferais mieux de rentrer. Je viens de me rappeler : j'ai oublié de faire mon devoir d'histoire.

— Ce n'est pas grave, Marilou, si tu oublies un devoir une fois de temps en temps ! Reste donc pour le film, insista Geoffroi.

— Non, vraiment. Je ne pense pas que ce soit une très bonne idée.

— Très bien, d'abord. Mais tu manques quelque chose !

– J'aurai juste à louer le film une autre fois, c'est tout. À demain, tout le monde.

– Salut, Marilou!

Vincent se leva pour l'accompagner jusqu'à la porte, mais Christine l'assura qu'elle s'en chargeait.

– Tu es chanceuse que Tobie ne soit pas ici ce soir.

– Pourquoi?

– Avec le comportement de Geoffroi… je ne sais pas pourquoi il a agi ainsi avec toi. D'habitude, il ne tourne jamais comme ça autour des copines des autres. Tobie aurait été fâché.

– Non, ce n'est pas son genre.

– Il faut faire attention avec les garçons, Marilou. On ne sait jamais à quoi s'attendre avec eux!

– Alors, on se voit demain à l'école.

Elle sortit et se dirigea vers sa voiture.

Chapitre X

La liste

En RETOURNANT chez elle, Marilou se questionna au sujet de cette personne qui détenait la clé de son passé. Pourtant, elle venait de l'autre bout de la province. Comment quelqu'un pouvait-il en savoir autant à son sujet ? Elle n'avait parlé de son frère qu'à Christine, qu'elle considérait comme sa meilleure amie. Jamais Christine ne lui ferait du tort.

Karen ne pouvait pas être jalouse d'elle. Elle sortait avec Vincent depuis longtemps et semblait vivre une relation tout à fait passionnée. Et elle avait un visage si doux !

Il restait Ève. Marilou se rendit compte qu'elle ne connaissait pratiquement rien d'elle. Elle ne sortait pas avec un garçon, mais ce fait ne convainquit pas Marilou pour autant de sa culpabilité.

Finalement, elle n'était guère plus avancée qu'au départ. Les filles de son entourage avaient toutes une particularité les innocentant. Aucune de ses amies ne pouvait être aussi cruelle ! Il s'agissait sûrement d'une inconnue. Le plus important était de trouver cette personne et de lui faire cesser ses menaces.

En passant devant un dépanneur, Marilou aperçut des citrouilles. Elle n'en avait toujours pas acheté une. C'était un peu inutile, car elle serait absente pendant toute la soirée de l'Halloween. Elle ne pourrait pas distribuer de friandises aux enfants costumés, même si elle était certaine que personne ne viendrait frapper à sa porte, la maison étant trop éloignée.

Beaucoup trop éloignée. Il pourrait se passer n'importe quoi sans qu'aucun voisin ne s'en doute. Et aucun secours ne viendrait.

Une citrouille ferait quand même une belle décoration, aussi s'en choisit-elle une à son goût. De retour chez elle, Marilou se servit un grand verre de lait froid et s'assit à la table, papier et crayon à la main. Elle y inscrivit le nom de tous ses amis.

Tout à coup, un nouvel indice vint à son esprit. La personne qui avait déposé une note dans son casier, qui lui faisait des appels anonymes, qui avait lancé un message à sa fenêtre et qui avait glissé la photo altérée dans son sac pouvait tout aussi bien être un garçon voulant l'éloigner de Tobie afin de prendre la place de ce dernier. Cette hypothèse tenait mais, par contre, elle doublait la liste des suspects.

Puis elle pensa à la façon dont Geoffroi avait agi avec elle pendant la soirée. Celui-ci n'avait aucun alibi pour les autres incidents. Il était maintenant le premier sur la liste. Mais elle devait prouver sa culpabilité.

Pas si vite ! Il y avait encore une chose qui clochait. Geoffroi n'était même pas au courant de la disparition de son frère. Peut-être Christine le lui avait-elle dévoilé accidentellement ? Marilou n'en était plus certaine. Au fait, elle n'était plus certaine de rien. Elle inscrivit le nom de Vincent sous celui de Geoffroi, mais elle le raya aussitôt puisqu'il fréquentait déjà Karen.

Elle ajouta le nom de Stéphane. Étrangement, il était tout à fait le reflet d'Ève. Lui non plus n'avait pas de petite amie et elle le connaissait vaguement. Il lui semblait pourtant trop timide pour commettre de tels actes.

Finalement, Tobie lui parut tout de suite innocent. Il ne pouvait pas être jaloux de lui-même ! Ce serait absurde. Mais elle se demanda si un certain sous-entendu était camouflé derrière les paroles de Christine, tout à l'heure dans le vestibule chez Vincent :

« Tobie aurait été fâché. Il faut faire attention avec les garçons. On ne sait jamais à quoi s'attendre avec eux ! »

Sûrement des paroles en l'air. Finalement, elle conclut que le coupable lui restait tout à fait inconnu.

Marilou alla chercher des feuilles de papier journal et les étala sur la table de la cuisine. Elle y déposa la citrouille et la vida. Elle découpa ensuite un visage, lui donnant un air malin. Elle recula et sourit en contemplant son œuvre, puis déposa la citrouille près de la porte d'entrée.

Chapitre XI

La danse d'Halloween

MARILOU était assise devant sa coiffeuse et ajoutait une touche finale à son maquillage. Elle se sentait énorme avec tout cet équipement de football sur le dos. Elle avait hâte de voir le costume de son escorte. S'il était aussi original que celui de l'an dernier, il augmenterait ses chances de remporter de nouveau l'un des prix. Marilou sentait qu'elle s'amuserait à cette danse comme elle ne l'avait pas fait depuis longtemps.

La sonnette d'entrée retentit et Marilou se précipita en bas pour ouvrir. En apercevant Tobie, elle ne put retenir un fou rire. Il portait une courte jupe lignée rouge et blanc. Un chandail dans les mêmes teintes lui collait à la peau. Il portait un soutien-gorge rembourré de mouchoirs de papier et s'était coiffé d'une perruque blonde, remontée en queue de cheval qu'un gros élastique rouge bouffant retenait. Un épais maquillage recouvrait son visage. Il tenait dans une main deux énormes pompons.

Tobie déguisé en meneuse de claque et Marilou en joueur de football ! Et tout ça était dû uniquement au hasard. Ils formeraient sans aucun doute l'un des couples les plus remarqués de la soirée.

– Tu es *sexy*, Tobie !

– Merci ! Ma sœur était meneuse de claque, il y a trois ans. Pas mal, hein ?

En montrant son propre costume :

– Tu n'aurais pas pu trouver mieux !

Tobie retira une main de derrière son dos et laissa découvrir une belle rose emballée avec soin.

– Tiens, c'est pour toi.

– Merci, Tobie ! Elle est si belle ! Je vais la mettre dans l'eau et je reviens immédiatement.

Elle sortit un vase, le remplit d'eau et y déposa la rose.

– Alors, le numéro soixante-sept est prêt à partir ?

– Tout à fait. Allons nous amuser !

Le gymnase de l'école était bondé. Décidément, cette danse serait tout un succès. La salle regorgeait de décorations d'Halloween. Geoffroi et Christine dansaient près de la scène. Marilou et Tobie allèrent les rejoindre. Christine se mit à rire lorsqu'elle les aperçut.

– Eh ! Marilou ! Tobie ! Beaux costumes ! Vous formez tout un couple !

– Merci ! Ton costume est superbe.

Elle portait un déguisement de reine du Moyen-Âge, composé d'une robe élégante, d'un collier en imitation de diamants et de gants de velours. Ses longs cheveux blonds étaient remontés en chignon et deux mèches bouclées lui tombaient sur les côtés du visage. Elle était vraiment très belle.

– Ce costume te va comme un gant, Christine.

– Merci, Tobie. J'aimerais en dire autant de toi !

– Ouais…

– Alors, Tobie, on gagne encore un prix cette année ?

– Sûrement pas avec ce costume ! Geoffroi ? Qu'est-ce qui t'est arrivé ? Tu étais vraiment en manque d'imagination, ou quoi ?

Il ne portait qu'un masque de Frankenstein et de vieux vêtements déchirés.

– Non, c'est juste que, vois-tu, les temps sont durs pour tout le monde…

– Tu pourrais trouver une meilleure excuse !

Marilou s'informa des autres copains. À l'instant, Vincent et Karen vinrent les retrouver.

91

Ils étaient tous les deux déguisés en hommes primitifs.

– Regardez ! Un homme et une femme des cavernes foncent droit vers nous ! s'écria Geoffroi.

Vincent était visiblement mal à l'aise.

– Je vous défends de rire de nos costumes ! C'est *elle* qui les a choisis.

– Ce n'est pas si ridicule que ça, dit Karen.

Karen s'aperçut que deux de leurs copains n'étaient pas de la partie.

– Alors, quelqu'un a vu Stéphane et Ève ?

Selon Christine, ces deux-là leur feraient sûrement faux bond, car ils n'appréciaient pas les soirées dansantes.

Le chanteur du groupe annonça une valse. Les premières notes d'une mélodie romantique se firent entendre, puis le plancher de danse se remplit de jeunes couples. Les lumières diminuèrent d'intensité pour laisser place à un éclairage coloré et plus discret. Tobie invita Marilou à danser. Elle déposa son casque sur le coin de la table où l'on servait des punchs et alla rejoindre son amoureux. Vincent et Karen les imitèrent.

Pendant qu'ils se laissaient bercer par la musique, Marilou regarda plus loin et vit Christine appuyée contre une table, seule dans son coin. Geoffroi était subitement disparu du décor. Dans ce costume, elle était vraiment ravissante. Elle ne pouvait tout simplement pas rester seule comme ça. Marilou décida de lui céder sa place. Elle se défit de l'emprise de Tobie et se dirigea vers sa copine.

– Danse avec Tobie, Christine. Je ne peux tout simplement pas supporter de te voir seule.

– Non vraiment, Marilou. C'est toi que Tobie accompagne. Ne t'en fais pas pour moi.

– J'insiste.

– Bon d'accord. Mais c'est la seule fois ce soir.

– Tobie, on se reprendra à la prochaine?

– Comme tu veux!

Elle alla se servir un verre de punch. Son casque n'était plus où elle l'avait laissé. Elle se retourna et aperçut du coin de l'œil quelqu'un qui sortait du gymnase, un casque identique au sien à la main.

– Eh! attends!

Elle se dirigea à son tour vers la sortie. Elle observa des deux côtés du couloir, mais ne vit personne. Puis elle entendit une porte se fermer plus loin. Elle courut jusque-là et poussa ensuite cette porte. Elle se retrouva dans le sombre corridor menant à l'auditorium. Marilou avança lentement, presque à l'aveuglette. Elle arriva enfin à l'auditorium et y entra.

– Il y a quelqu'un?

Seul l'écho frêle de sa voix lui répondit. Elle entendit le bruit lourd des portes se refermant derrière elle, brisant ainsi le silence. Elle fit quelques pas hésitants vers l'avant.

– Qui est là?

Il y eut un bruit du côté du palier. Elle s'avança encore et éleva la tête.

– Je crois que tu as pris mon casque par erreur !

Mais toujours aucune réponse. Tout à coup, elle entendit le bruit d'un objet qui tombe au sol. Également, des pas de course, de fuite. À tâtons, elle réussit à ramasser cet objet. Elle ne pouvait distinguer de quoi il s'agissait. Elle revint sur ses pas et s'arrêta sous la lumière diffusée par l'enseigne de sortie. Elle le reconnut.

Le médaillon que portait l'agresseur lorsque Jessy avait été enlevé…

Chapitre XII

Le médaillon d'argent

MARILOU aurait dû le casser en morceaux, le lancer au loin. Au lieu de cela, elle serra de toutes ses forces le petit médaillon. Puis des larmes roulèrent sur ses joues. Elle retourna au gymnase en un temps record, se faufila parmi les couples et fit signe à Christine de la rejoindre.

— Marilou ? Qu'est-ce qui se passe ? Tu as un drôle d'air.

Elle entraîna Christine un peu en retrait.

— Ça ne peut plus durer, je vais devenir folle ! Regarde ce que je viens de trouver.

Elle éleva le poing et déplia les doigts. Christine prit le médaillon dans ses mains et l'examina sous tous les angles.

— Il ressemble étrangement à la description que tu m'as faite l'autre jour.

– Fantastique, Christine ! Quelle réponse logique ! Cinquante points pour toi !

– Voyons, Marilou ! Ne te fâche pas comme ça. Mais où au juste as-tu trouvé ça ?

– Tout à l'heure, j'ai aperçu quelqu'un avec mon casque. Je l'ai suivi et ça m'a menée jusqu'à l'auditorium. La personne était au deuxième étage ; elle a laissé tomber le médaillon puis s'est enfuie.

– Pourquoi on a pris ton casque ?

– Je n'en sais rien, ce n'est pas ce qui me tracasse le plus en ce moment. C'était peut-être juste une erreur. Pourtant je n'ai vu personne d'autre déguisé en joueur de football… Mais tu sais ce que signifie pour moi d'avoir trouvé le médaillon ?

– Quoi donc ?

– Que l'agresseur de mon frère se trouve ici et qu'il me veut du mal.

– Quand même, Marilou ! Ne deviens pas paranoïaque ! Je suis certaine que plusieurs personnes possèdent un médaillon semblable.

– Non, il est unique.

– Marilou…

– Très bien. Mais comment expliquer les menaces à mon égard ?

Marilou parlait maintenant très fort. Elle était au bord de l'hystérie.

– Réveille-toi, bon sang ! Arrête de te raconter des histoires ! Je te l'ai déjà dit et je vais te le répéter. Une centaine de fois, s'il le faut ! Ce n'est qu'une fille jalouse de toi, inoffensive.

Christine pesait sur chacun de ses mots.

— ... Jalouse de ta relation avec Tobie et qui veut y mettre fin. Rien de plus. Tu piges?

Attiré par la conversation agitée, Tobie vint les rejoindre.

— Qu'est-ce qui se passe ici?

Marilou se sentait mal à l'aise. Pauvre Tobie! Il devait se poser mille questions. Elle éclata de nouveau en sanglots et se précipita dans ses bras.

— Qu'est-ce que tu as, Marilou?

Mais elle gardait le silence. Il jeta un regard interrogateur à Christine.

— Venez, on va aller dans le corridor. Je crois que Marilou a des choses à te dire. Pas vrai?

Elle fit un signe affirmatif. Ils s'assirent par terre, près des casiers. Marilou refoula ses larmes et dévoila à Tobie les événements des derniers jours. Elle n'épargna aucun détail. Son ami paraissait songeur.

— Pauvre Marilou! Tu aurais dû me parler de ton frère.

— Tu veux dire que... que tu savais toute l'histoire?

— Je l'ai appris mardi...

— Comment? Christine! Tu avais juré!

— Je n'ai rien dit, Marilou, crois-moi!

— Ce n'est pas elle. Je l'ai découvert par hasard en fouillant dans les microfiches à la bibliothèque. Je suis tombé sur l'article qui relatait l'enlèvement de Jessy Levasseur. Je t'ai vue à ses côtés sur la photo. Alors, j'ai su qu'il s'agissait bien de ton frère.

— Est-ce que ça veut dire que Geoffroi est au courant?

— Oui...

— Oh non!

— Mais on s'est juré de garder le secret. Geoffroi est peut-être un clown, mais il a toujours respecté ses promesses.

— Mais ce n'est pas le problème. Le vrai problème, c'est qu'il faut arrêter cette personne avant qu'elle passe aux actes.

— On va t'aider, Marilou, compte sur nous.

Elle leur adressa un sourire chaleureux et les étreignit tous les deux. Tobie s'exclama :

— Allez! la soirée est encore jeune! Qu'est-ce que vous diriez si on retournait s'amuser pour oublier cette histoire?

— Oui, mais si...

— Pas de mais. Pense à ce que je t'ai dit tout à l'heure, riposta Christine.

— Bon d'accord! Tu as sûrement raison.

— *J'ai* raison!

— Venez! On manque tout le plaisir!

Tobie prit la main de Marilou et le trio entra dans le gymnase. Ils allèrent se chercher des punchs et Marilou aperçut son casque par terre. Une fille l'informa qu'elle l'avait placé là parce qu'il prenait trop de place sur la table.

Tout ce temps, Marilou pensait que quelqu'un l'avait pris. Comme elle avait été bête!

Ils rejoignirent Karen, Vincent et Geoffroi à l'autre bout du gymnase. Puis ils dansèrent jusqu'à l'épuisement.

L'organisateur de la soirée s'empara du micro.

– Votre attention, s'il vous plaît ! C'est maintenant l'heure du concours « Roi et reine du bal d'Halloween du collège Saint-François-des-Marais ». Durant la soirée, nos juges se sont promenés et ont évalué vos magnifiques costumes. Ils en sont finalement arrivés à une décision. Pour annoncer les grands gagnants, j'invite le chanteur du groupe qui s'est occupé de nous faire bouger sans répit ce soir. Tout le monde, s'il vous plaît, une bonne main d'applaudissements pour Laurent Montmagny et toute son équipe !

La foule se mit à crier son enthousiasme. Le chanteur agrippa le micro.

– Merci, merci beaucoup. Et maintenant, le roi et la reine de ce soir sont…

Un roulement de tambour se fit entendre.

– Ève Desaulniers et Stéphane Langlois !

Marilou, Christine, Tobie, Karen, Vincent et Geoffroi se regardèrent en voulant dire : « Stéphane et Ève sont ici ? »

À ce moment, ils arrivèrent près d'eux. Stéphane était costumé en un séduisant prince. Un vrai Roméo. Ève revêtait un charmant costume de princesse. À les voir tous les deux côte à côte dans ces habillements, c'était évident qu'ils formaient *le* couple de la soirée.

La foule applaudit généreusement les deux gagnants tandis qu'ils montaient les marches menant à la scène. On les couronna. Et pour avoir droit à leur prix, le couple devait danser au milieu du plancher de danse. Le groupe amorça une douce balade, puis Ève et Stéphane se mirent à danser.

— C'est drôle, on ne les a pas vus de la soirée, ces deux-là ! fit remarquer Tobie.

Marilou invita Tobie à danser. La chanson était sa préférée. Elle se sentait bien dans les bras de son ami et souhaitait que cet instant dure jusqu'au lever du soleil. Mais après quelques minutes, la ballade fit place à un rock, ce qui donna l'occasion à tout le monde d'aller féliciter le roi et la reine de la soirée.

— Vous êtes arrivés depuis longtemps, vous deux ? demanda Karen.

— Environ vingt minutes, répondit Ève.

— Je me suis finalement décidé et je suis allé chercher Ève.

Vincent ne put s'empêcher de passer un commentaire moqueur à Stéphane.

— Bon ! Ça n'a pas été trop dur ?

— Peu importe, on est tous là maintenant. Allons danser, proposa Christine.

C'est ce qu'ils firent pour le reste de la soirée. D'autres prix furent attribués aux costumes les plus originaux. Karen et Vincent gagnèrent le premier prix, Marilou et Tobie, le troisième.

— Eh bien tout le monde ! tonna la voix au micro, c'était notre dernier prix à remettre !

De toute façon, vous avez tous gagné quelque chose : du plaisir, n'est-ce pas ?

La foule cria son enthousiasme.

– Il ne reste que trente minutes avant que les masques ne tombent, alors laissez-vous aller comme jamais vous ne l'avez fait !

Le gymnase se remplit d'une musique rythmée qui fit bouger l'assistance tout entière. Puis, quelques secondes avant que ne sonne le coup de minuit, les jeunes firent le décompte.

– Quatre, trois, deux, un…

– Joyeuse Halloween, tout le monde ! souhaita Laurent depuis la scène. Allez, on enlève les masques !

Une atmosphère semblable à celle du jour de l'an régnait dans le gymnase.

– J'espère qu'on a su vous tenir en forme toute la soirée ! Pour terminer ce bal en beauté, une chanson d'amour.

Des couples profitèrent de cette dernière danse tandis que d'autres allèrent chercher leur manteau au vestiaire. Dix minutes plus tard, Marilou et ses amis étaient sortis à l'extérieur et élaboraient des plans.

– Alors, on fait une nuit blanche ? demanda Vincent.

– Certain, voyons ! Ce n'est pas la soirée de l'Halloween pour rien ! répondit Geoffroi.

Stéphane offrit de raconter des légendes autour de bougies, comme il le faisait si bien. Tobie examina le ciel.

– Dommage que ce ne soit pas la pleine lune. J'aurais pu me transformer en loup-garou.

– Arrête ça tout de suite, Tobie ! J'en tremble de peur, feignit Christine.

– Je propose qu'on aille tous chez moi, dit Marilou.

La proposition fut accueillie avec tant d'enthousiasme que, à peine dix minutes plus tard, ils se retrouvèrent dans l'allée de la maison de Marilou.

Le vent soufflait de plus en plus fort. La lune jouait à cache-cache avec les nuages et le ciel se faisait menaçant.

– Tu parles ! dit Stéphane. On ne pourrait pas demander mieux !

– La soirée est tout à fait… parfaite, rajouta Geoffroi pour lui-même.

Chapitre XIII

Une ambiance du tonnerre

MARILOU se rendit à la cuisine pour chercher des croustilles. Ève offrit de l'aider. Marilou en profita pour lui demander son avis au sujet de Stéphane. Ève répondit qu'il dansait bien. Marilou la dévisagea, avec l'impression que son amie lui cachait un secret. Ève admit finalement que Stéphane l'avait surprise ce soir, mais qu'il n'y avait pas de quoi s'affoler. Après tout, il n'était qu'un ami et la relation n'irait pas plus loin.

Au salon, Marilou se blottit contre Tobie. Ils parlèrent de la danse d'Halloween puis, après quelque temps, Tobie se leva.

– Excusez-moi, mais je crois que je vais aller me changer. Je ne pourrai plus supporter ce soutien-gorge très longtemps !

Un éclat de rire général retentit.

– J'aimerais bien savoir comment vous faites, vous les filles, pour endurer ce truc à longueur de journée !

– Attends, Tobie, je veux prendre une photo du groupe.

– D'accord, Marilou, mais fais vite !

Elle se leva et alla chercher son appareil photo. Tout le groupe prit position. Marilou actionna la minuterie et rejoignit les autres. Ils entendirent un déclic. Ensuite, ils changèrent de vêtements. Marilou se sentait légère, maintenant qu'elle s'était libérée de ce fardeau.

La nuit s'annonçait palpitante, surtout qu'il y avait de l'orage dans l'air. Marilou avait l'habitude de détester les tempêtes, mais en ce moment, elle l'attendait impatiemment. Ils joueraient à se faire peur à la lueur des bougies, et l'orage les mettrait encore plus dans une atmosphère d'épouvante.

La soirée avait d'ailleurs très bien débuté, malgré la découverte du médaillon. Marilou avait finalement accepté l'explication de Christine. Elle avait envie de s'amuser à fond et d'oublier les événements de la semaine. Seulement s'amuser et se faire peur.

Tout le monde avait maintenant enfilé une tenue plus décontractée et était retourné au salon. Vincent descendit, une cassette vidéo à la main. Karen riposta avec dégoût.

– Pas ce film au maniaque de la hache ! Et du sang qui pisse comme une fontaine !

Ils l'avaient de toute évidence déjà visionné ensemble et Vincent était prêt à le revoir n'importe quand, contrairement à Karen qui lui accordait tout juste la cote « médiocre ».

— Ç'a l'air drôlement bon ! dit Tobie.

Geoffroi approuva d'un sourire, tandis que Christine rageait.

— Vous êtes malades !

Vincent se mit de la partie.

— Pas du tout ! Ça te donne des cauchemars, Christine ?

Pour dénouer l'impasse, ils votèrent à main levée. Les mains des quatre garçons se levèrent immédiatement en faveur du film. Puis, hésitante, Marilou les imita. Ce n'était pas particulièrement son genre de film, mais cela ferait l'affaire. Et la main d'Ève s'ajouta aux autres.

— Ah ! six mains contre deux ! dit Tobie. On gagne. Vincent, mets la cassette dans le magnétoscope.

Ils s'installèrent confortablement et le film débuta. L'action était vive. Soudain, un éclair baigna la pièce d'une clarté éblouissante. Tous se tournèrent vers les grandes fenêtres pour apercevoir une pluie abondante qui frappait contre la vitre. Suivit un retentissant coup de tonnerre. Geoffroi s'écria :

— Un orage !

— Parfait !

Une fois de plus, Vincent grommela.

— On va sans doute manquer d'électricité et on ne pourra pas regarder le film !

– Quel dommage ! gloussa Christine.

Marilou essaya de les convaincre que l'orage les plongerait dans l'atmosphère de l'Halloween, mais Karen n'était pas du même avis.

– Ça ferait le même effet avec des citrouilles illuminées et des décorations de sorcières.

– Sûrement, mais nous ne contrôlons pas la température ! dit Stéphane.

– Ni l'électricité…

Au même instant, la maison fut plongée dans le noir.

– Ah !

– Maudite compagnie d'électricité !

– Je vais chercher des bougies dans la cuisine.

Tobie avança à tâtons vers Marilou.

– Je viens avec toi.

Il lui prit la main et lui emboîta le pas.

– Tu veux sortir des bougies ? Elles sont dans le quatrième tiroir.

Pendant que Tobie cherchait dans le tiroir, elle se dirigea jusqu'au vaisselier et en retira un chandelier à quatre supports.

– Ça va ? Tu les as trouvées ?

– Oui ! Il y a aussi des allumettes.

Elle déposa le chandelier sur le comptoir. Tobie fit craquer une allumette. Le petit cercle de lumière formait de drôles d'ombres sur son visage. Il alluma une bougie.

– Voilà, c'est déjà un peu mieux.

Il alluma les trois autres bougies.

– Enfin ! Je peux vous voir, dit Geoffroi. Oh ! Tobie, tu as un vilain bouton sur le menton !

Machinalement, Tobie porta la main à son visage et se frotta le menton, à la recherche d'une petite bosse, même s'il savait bien que son ami plaisantait. Stéphane suggéra d'emmener la citrouille à l'intérieur, afin qu'elle leur procure un peu plus de lumière.

– Je l'ai vue avant d'entrer. Elle est drôlement réussie ! complimenta Geoffroi.

– Merci. C'est un talent naturel, le découpage de citrouilles !

– Elle ne doit plus éclairer beaucoup avec cet orage, dit Christine.

– Peut-être bien : je l'ai mise sous le rebord de la toiture. Je vais la chercher.

Marilou marcha jusqu'à l'entrée. Elle ouvrit la porte et fit quelques pas à l'extérieur. L'air était froid et humide. La flamme vacillait. Lorsqu'elle se pencha pour prendre la citrouille, elle retint un cri de surprise...

Chapitre XIV

Histoire d'horreur

Un malin avait pris plaisir à taillader la citrouille au complet, qui ressemblait à un visage éraflé à coups de rasoir. Le nom de Marilou, en majuscules inégales, était gravé dans la chair de la citrouille.

Un détail remonta à sa mémoire : lorsqu'ils étaient revenus de la danse, la citrouille était intacte. Il se pouvait donc qu'un de ses amis soit le coupable.

Marilou s'empressa de retourner à l'intérieur, la citrouille dans les mains.

– Elle n'était pas éteinte, mais regardez ce qu'il en reste…

Elle déposa sa trouvaille près des quatre bougies. Vincent riposta immédiatement.

– Ils ne l'ont pas manquée !

– Je pense qu'on n'apprécie pas tes talents, dit Geoffroi.

– Il n'était vraiment pas content d'être venu jusqu'ici pour n'avoir aucune friandise ! dit Tobie.

Christine fit remarquer que Marilou avait raison : la citrouille n'était pas dans cet état lorsqu'ils étaient arrivés. Voulant résoudre ce détail compromettant, Marilou activa ses cellules grises.

– À moins que…

– Quoi ? demanda Stéphane.

Marilou retint ses paroles, ne voulant offusquer personne.

– Oh ! rien ! Je réfléchissais tout haut.

Un court silence. Ève, croyant savoir où Marilou voulait en venir, se risqua.

– Marilou veut peut-être supposer que l'un de nous a fait le coup.

Ils se regardèrent dans la pénombre, cherchant à savoir si Ève disait vrai. Finalement, Geoffroi trouva ridicule cette affirmation. Marilou réfuta. L'air inquiet, Tobie fit part de son opinion.

– Tu crois vraiment ça ?

– Je ne sais pas…

– Moi je présume que c'est l'œuvre d'un farceur. C'est tout ! conclut Vincent.

Stéphane approuva.

– C'était vraiment stupide de sa part, dit Karen.

Christine hocha la tête.

– Si on se racontait des histoires d'horreur ? proposa Ève. Ça serait amusant…

– J'adore la façon dont tu t'y prends, Stéphane ! commenta Tobie.

– Je ne suis pas si bon que ça…

Malgré la faible clarté, Marilou devina que les pommettes de Stéphane avaient pris une teinte écarlate.

– Comme cet été, en camping, dit Christine.

– Tout ce qu'il manque ici ce soir, c'est un feu de camp, fit remarquer Stéphane.

Les yeux de Tobie s'illuminèrent.

– Le foyer ! On peut l'allumer, Marilou ?

– Bien sûr ! Pourquoi n'y ai-je pas pensé plus tôt ? On va économiser les bougies !

– Est-ce qu'il y a du bois ?

– Dans le sous-sol.

Ève prit une bougie du chandelier.

– Je vais en chercher.

Geoffroi se leva.

– Attends, il faut aussi un homme fort.

– Qu'est-ce que tu fais debout, Geoffroi ? dit Tobie.

– On t'a déjà dit que tu pourrais faire une carrière d'humoriste ?

Ève et Geoffroi descendirent au sous-sol avec une chandelle placée dans un petit contenant d'aluminium.

– Alors, Stéphane, laquelle vas-tu nous raconter ce soir ? L'histoire du chalet hanté du vieux monsieur au fond des bois ? demanda Tobie.

111

– Oh non ! il n'y a pas d'action dans celle-là ! dit Vincent.

– Mais c'est la façon dont tu la racontes qui fait toute la différence, Stéphane ! affirma Christine.

– Et surtout ce cri à la fin...

Et juste comme Tobie finissait sa phrase, un effroyable cri fendit l'air, en même temps qu'un énorme coup de tonnerre.

Chapitre XV

Drôles d'incidents

— STÉPHANE, garde ça pour tout à l'heure ! dit Vincent en riant.

— Je n'ai rien fait, moi !

La confusion gagna le groupe. Qui avait crié ?

— Ève et Geoffroi !

Ils se levèrent d'un bond. Christine agrippa le chandelier et suivit les autres, déjà rendus à la porte. Ils descendirent les marches en trombe. Bientôt, ils aperçurent Ève, figée sur place. Geoffroi, la chandelle entre les mains, essayait tant bien que mal de la réconforter.

— Qu'est-ce qui se passe ? demanda Christine. On a entendu crier et…

Geoffroi pointa un peu plus loin. Les autres s'avancèrent davantage. Christine éclaira la scène avec le chandelier.

– Oh !

– Mon Dieu !

– Dégoûtant !

– Je pense que je vais vomir !

Un pendu se balançait devant eux. Du sang coulait au coin de ses lèvres et ses yeux exorbités fixaient le néant. Ses bras et ses jambes pendaient mollement le long de son corps. Son visage et ses mains avaient un teint verdâtre.

– Marilou, voulais-tu nous faire peur avec ton mannequin ? demanda Geoffroi.

– Bien sûr que non ! Pourquoi aurais-je fait ça ?

Vincent parut vexé par cette plaisanterie.

– Je ne sais pas. Peut-être pour tester notre sang-froid…

Karen commença à s'inquiéter.

– C'est un deuxième incident. Étrange…

– Vous ne pensez tout de même pas que c'est moi qui ai tout manigancé ?

Tobie tenta de la rassurer en la prenant par les épaules.

– Non, ce n'est pas ce qu'on voulait dire.

– On ferait mieux de trouver une explication au plus vite, dit faiblement Ève.

Marilou réfléchissait. Si aucun de ses amis n'avait pendu ce mannequin dans son sous-sol, comment le vrai coupable avait-il pu s'introduire à l'intérieur ?

Elle prit la bougie que Geoffroi tenait dans sa main et se mit à explorer le sous-sol. Tobie ne comprit pas son geste.

– Qu'est-ce que tu fais, Marilou ?

– Je cherche un indice.

– Quel genre d'indice ? s'informa Stéphane.

Elle ne lui répondit pas et continua ses fouilles. Elle n'avait elle-même aucune idée de ce qu'elle cherchait. Elle tentait seulement de comprendre.

Un peu plus loin, un courant d'air froid la fit frissonner. Elle s'approcha du mur et éleva la chandelle. La fenêtre était entrouverte.

– Eh ! tout le monde ! Je viens de découvrir comment on a réussi à accrocher ce foutu bonhomme : la fenêtre est ouverte.

Christine n'aimait pas particulièrement cette idée.

– Ça veut dire qu'un étranger rôde autour de la maison. Il est vraiment fou, ce maniaque !

Tobie rajouta :

– Il est peut-être plus dangereux qu'on ne le pense. Il faudrait alerter la police.

– Non, dit Geoffroi. La police n'en fera rien. Elle ne fait jamais rien de toute manière.

– Mais qui est assez fou pour se promener sous un orage violent ? questionna Karen.

Marilou était enragée.

– Je ne sais pas ce qu'il veut, mais il ferait mieux de déguerpir en vitesse, dit-elle.

Stéphane suggéra :

– Allez, prenons un peu de bois et remontons au salon.

Marilou décrocha le faux macchabée et le lança brutalement à l'autre bout de la pièce.

Pendant que les autres retournaient s'asseoir au salon, elle accosta Tobie et Christine et leur fit signe de se rendre à la cuisine.

– C'est bien curieux, tout ça, dit Tobie. Ce qui se passe ce soir a-t-il un rapport avec tous les autres incidents ?

– Vraiment, je n'en sais rien, mais j'aimerais bien avoir des explications, répondit Marilou.

– Je ne sais pas pourquoi, mais j'ai le pressentiment qu'un événement grave va se produire bientôt.

– Ne dis pas ça, Christine. On tirera tout ça au clair demain, quand l'électricité sera revenue.

– Parlant d'électricité, on devrait appeler pour savoir si la panne va durer longtemps, dit Tobie.

Quelques instants plus tard, les autres les rejoignirent à la cuisine. Marilou trouva dans l'annuaire le numéro de la compagnie d'électricité, qu'elle refila à Tobie.

Après un bref entretien, il raccrocha.

– Et puis, on passe la nuit complète dans le noir ?

– Je pense bien que oui. On m'a dit qu'aucune panne d'électricité n'a été détectée dans la région.

Ils se dévisagèrent.

– Ça doit être un problème de fusible, suggéra Tobie. On va vérifier.

Vincent se porta volontaire. Les autres retournèrent au salon et firent un feu. Stéphane s'étonna de la situation.

– Tu parles d'une soirée d'Halloween ! On se croirait en plein film d'horreur !

– C'est sans aucun doute l'Halloween la plus mouvementée que j'aie jamais vécu ! dit Karen.

Geoffroi trouva un côté positif à tout ça.

– Mais c'est quand même excitant !

– Il y a une limite à s'amuser, dit Tobie.

Christine bâilla longuement.

– Je propose qu'on aille tous se coucher. Quelle heure est-il ?

Tobie regarda sa montre.

– Deux heures quinze.

Geoffroi désapprouva.

– Voyons, Christine ! Ce n'est pas tous les jours que des jeunes ont une maison pour une fin de semaine !

– La danse et tout le reste, ça m'a épuisée. Et puis, on a toute la nuit de demain pour faire la fête.

– C'est ce soir, l'Halloween ! dit Stéphane.

– Ça l'était il y a deux heures quinze minutes, tu veux dire.

Tobie se porta à sa défense.

– Écoute, tu peux bien aller dormir si tu veux. De toute façon, j'ai l'impression que tu ne manqueras pas grand-chose…

– Alors, bonne nuit tout le monde !

Elle monta en apportant une bougie avec elle. Vincent remonta finalement du sous-sol.

– Tout a l'air normal. Ce n'est pas un problème de fusibles.

L'orage s'était calmé et la pluie avait cessé depuis un bout de temps. Vincent, Karen et Stéphane sortirent à l'extérieur.

Marilou, Geoffroi, Tobie et Ève cherchèrent une activité intéressante. Ève proposa de jouer à un jeu de société. Quelques autres suggestions ressortirent avant que Geoffroi s'exclame :

— Ça y est ! J'ai trouvé ! On va jouer au « meurtrier de l'Halloween »…

Chapitre XVI

Le meurtrier de l'Halloween

QUELQUES instants plus tard, Stéphane fit son apparition dans le salon, son manteau et son pantalon couverts de boue.

— On n'a pas vu le trou de boue et on est tombé dedans...

Tobie regarda derrière Stéphane.

— Où sont Karen et Vincent ? Ils sont encore dehors ?

— Ils sont partis se changer. Ils m'ont dit de vous dire que la soirée était terminée pour eux.

— Ah bon ! Est-ce que vous avez découvert le problème ? demanda Marilou.

— Le fil électrique a été coupé. Je suis pas mal certain que c'est l'œuvre de la tempête.

— Vous ne pouvez pas l'arranger ? demanda Ève.

– Non, on ne sait pas comment. Mais aucun électricien ne voudra venir avant demain matin.

Geoffroi lui coupa la parole.

– Est-ce qu'il fait froid dehors ?

– Avec un manteau, c'est supportable. Pourquoi ?

– Parce qu'on va jouer au « meurtrier de l'Halloween » ! Et pour ça, on va aller faire une petite balade en forêt !

Ève lui demanda de leur expliquer le jeu.

– Premièrement, on dessine une étoile sur l'un des petits papiers puis on pige pour savoir qui sera le meurtrier. Mais il ne faut pas le dévoiler aux autres. Après, on s'en va dans le bois. On se trouve un point de départ et on se donne chacun un numéro. Ensuite, on ferme les yeux, puis le numéro un part et se trouve une cachette. Le numéro deux compte dans sa tête un intervalle de deux minutes avant d'aller se cacher, et ainsi de suite. Vous comprenez ?

– Oui, continue.

– Dix minutes après le début du jeu, le meurtrier sort de sa cachette et part à la recherche des autres. Lorsqu'il aperçoit un autre joueur, il doit aller le toucher pour le tuer. Les victimes n'ont pas le droit de sortir ou de changer de cachette. Quand quelqu'un est mort, il doit crier son nom très fort pour que tout le monde l'entende et sache qu'il est éliminé, puis il retourne au point de départ. À la fin du jeu, il ne restera plus qu'une seule victime qui connaîtra le meurtrier. Alors là, si elle l'aperçoit avant lui, la victime peut sortir de sa cachette et aller tuer le meurtrier. Elle remportera ainsi la partie. Mais si le meurtrier y parvient avant elle, il sera le gagnant.

Tobie et Stéphane trouvaient le concept intéressant. Par contre, Marilou et Ève n'étaient pas convaincues. Après plusieurs arguments, Geoffroi réussit enfin à les enrôler.

Stéphane découpa une feuille en cinq petits morceaux et dessina une étoile sur l'un d'eux. Il les plia et les déposa sur la table, puis ils en pigèrent chacun un. Ensuite, ils enfilèrent leur manteau et sortirent par derrière, munis de deux lampes de poche qu'ils avaient dénichées au sous-sol. Ils longèrent le petit sentier pendant environ dix minutes. Ils choisirent une grosse pierre comme point de départ. Marilou s'informa de la durée d'une partie : relative à la rapidité du meurtrier à trouver les cachettes des autres. Geoffroi s'assura que chacun comprenait bien son rôle.

– Il faut quand même rester dans les environs, sinon c'est vous qui aurez un problème pour retrouver le point de départ.

Stéphane distribua les numéros : Geoffroi, un ; Ève, deux ; Marilou, trois ; Tobie, quatre ; lui-même, cinq.

Geoffroi et Stéphane prirent une lampe de poche. Les autres dirent qu'ils se débrouilleraient. Ils se fermèrent les yeux et chacun compta silencieusement. Après quatre minutes, le tour de Marilou était venu. Elle se mit à courir, en quête d'une bonne cachette. Elle n'avait que deux minutes pour trouver l'endroit idéal. Elle tourna un peu au hasard, puis dénicha une cavité entre deux petits rochers. Elle s'y dissimula et attendit que le jeu débute.

Le sol était mouillé et la roche, humide et froide. Elle s'assit par terre. La nuit était silencieuse. La froidure s'empara de ses jambes et de ses cuisses. Mais elle n'osait pas bouger, de peur que le meurtrier ne la voie. Après quelques minutes, une pensée lui vint subitement.

Que faisait-elle, seule, cachée dans l'obscurité en plein milieu de la nuit de l'Halloween, au moment où un désaxé voulait sa peau ?

Une énorme vague de chaleur l'envahit pour ensuite se transformer en un frisson glacial. Qu'est-ce qui lui avait pris aussi de jouer au « meurtrier de l'Halloween » ?

Soudain, Marilou entendit Ève crier son nom. Il restait donc Geoffroi, Stéphane et Tobie. Elle eut envie de sortir de sa cachette, de faire exprès pour se faire voir et être éliminée. Elle irait rejoindre Ève au point de départ et ne serait plus seule dans ce trou. Cependant, un malaise la clouait au sol, l'empêchait de faire le moindre geste.

Quelques minutes s'écoulèrent. Cela sembla une heure à Marilou. Elle souhaitait retrouver la chaleur de ses couvertures. Après un long moment, elle entendit le nom de

Geoffroi, suivi d'un cri de douleur. Elle rit nerveusement. Il n'était pas obligé d'en mettre autant. Ce n'était qu'un jeu stupide, après tout.

La quiétude de la forêt revint tranquillement. Il ne restait plus que trois joueurs et le jeu serait bientôt fini. Ensuite, ils rentreraient se coucher et l'Halloween sera bel et bien terminée.

Le froid se faisait de plus en plus intense. Il avait parcouru son chemin jusqu'au cou de Marilou. Ses jambes étaient molles comme de la guenille. Elle en avait assez de se morfondre dans ce coin perdu.

Un bruit la fit sursauter.

C'était un coup de feu, elle en était certaine.

Chapitre XVII

La course

MARILOU commença à paniquer. Elle comprit qu'il ne s'agissait plus d'un jeu idiot. Cela était devenu dangereux, trop dangereux pour elle. Qui avait tiré ce coup de feu ?

Elle n'osait plus bouger. Le cri de douleur qu'avait poussé Geoffroi résonnait dans sa tête.

Un de ses amis lui en voulait depuis son arrivée. Bien sûr, une fin de semaine chez Marilou était le moment idéal pour mettre ses menaces à exécution. Mais jusqu'où était-il prêt à aller ? Jusqu'au bout ?

Au loin, le grondement du tonnerre...

L'orage allait reprendre d'un instant à l'autre et Marilou était traquée dans la forêt aux prises avec le meurtrier de l'Halloween, le vrai.

Bientôt la pluie se remit à tomber. Elle bougea la tête pour tenter de voir devant elle. Elle aperçut une ombre bouger un peu plus loin. Cette ombre tenait un objet dans sa main. Marilou se cacha aussitôt. Elle entendit une voix :

– Viens, Marilou chérie. Je crois qu'il est temps que tu sortes de ta cachette. La partie est terminée. Il ne manque que toi. Tu sais, je garde toujours le dessert pour la fin…

Marilou suffoquait. Elle ne reconnut pas la voix qui s'amusait à la terrifier. La personne tourna en rond, puis s'éloigna tranquillement. Marilou prit le temps de souffler un peu, rassembla ses dernières énergies et sortit en douceur de sa cachette. Elle ne savait plus du tout où elle se trouvait. Elle devait courir, s'enfuir à tout prix.

Le ciel se déchaîna. Des éclairs défièrent l'obscurité. Le tonnerre gronda à faire se retourner les morts dans leur tombe. Les arbres livraient un combat acharné contre la violence des vents. Résister et tenir bon.

Tout comme Marilou.

Quelqu'un se cachait, l'épiait, l'attendait. Pour l'éliminer du jeu à son tour. Vraiment l'éliminer.

Elle courait dans la boue, n'avait plus aucune force, mais devait persister, ne pas s'arrêter. Courir toujours plus loin, se sauver afin d'être épargnée. Elle ne voyait rien devant elle. De petites branchettes fouettaient sa figure et ses mains.

Survivre.

Bientôt, Marilou s'essouffla et ses deux jambes cessèrent de lui obéir. Elle s'écroula sur le sol. Elle sentit que son cœur allait défaillir. Elle prit de grandes inspirations.

Une respiration, plus régulière cette fois-ci, fraya son chemin entre les branches secouées par le vent, lui sifflant dans les oreilles. Un soufflement si strident qu'elle aurait juré entendre soupirer son prénom.

Marilou... Marilou...

Elle posa ses mains sur ses oreilles pour faire taire ce souffle étrange. Puis, lentement, le silence de la nuit domina de nouveau. Pourtant, ce silence ne la rassura guère. Elle se redressa, observa autour d'elle. Elle distingua des arbres, mais le reste lui échappait. Une longue trace noire, jusqu'à l'horizon. Elle eut l'impression de se trouver au beau milieu d'un trou noir.

Alors reprit ce drôle d'écho, à la fois imperceptible et si intense.

Marilou... Marilou...

Un soufflement impalpable, un soupir anodin, un vif éclat de voix, un cri brusque, un affreux rire sarcastique.

Ah! Marilou...

Une main glacée se posa sur son dos...

Chapitre XVIII

Le maître du jeu

– Désolé, Marilou. On dirait que tu as perdu la partie ! *Je* suis le maître de ce jeu, à présent.

– Qu'est-ce que tu racontes, Stéphane ?

La voix de Marilou reflétait son état : faible et haletante, étouffée par l'effroi.

Il alluma sa lampe de poche et se la flanqua sous le menton. Le faisceau éclaira son visage d'une façon terrifiante. Ses yeux riaient diaboliquement, complices de son sourire persifleur. Marilou resta hypnotisée par ce visage. Puis il sortit un revolver et le pointa vers elle.

– Tous les autres joueurs sont éliminés. Il ne reste que toi et moi, Marilou.

Il se pencha sur elle pour lui murmurer à l'oreille :

– Toi et moi…

– Qu'est-ce que tu leur as fait ? Où sont-ils ?

– T'inquiète pas. Ils ne nous dérangeront plus. On pourra régler nos comptes en paix.

– Mais quels comptes ?

– Et tu oses le demander ! Vous êtes tous pareils !

– Explique-moi. J'ignore de quoi tu parles !

– Assez ! Ferme-la et suis-moi !

Son revolver toujours braqué sur elle, il la dirigea d'une main de fer.

– Où m'emmènes-tu ?

– Tais-toi et avance !

Ils étaient à présent dans une partie de la forêt où Marilou ne s'était jamais aventurée. La pluie s'intensifiait. Entre les arbres, elle aperçut une petite rivière qui menaçait de déborder. Stéphane éclaira dans cette direction.

– Tu connais cette rivière ?

– Non.

– C'est ici que Dominic est mort, tu te souviens ? Dire que tout le monde a cru à un empoisonnement.

Il balança la tête et rit nerveusement.

– C'était bien trop facile ! ajouta-t-il.

– Qu'est-ce que tu veux insinuer, Stéphane ?

– Tu sais, avant que mon père ouvre sa pizzeria, lui et moi travaillions au casse-croûte du ciné-parc, tout près d'ici. Un petit tranquillisant dans sa commande…

– C'est toi qui as empoisonné Dominic !

Marilou devait faire des efforts pour se maî-triser. S'il avait été capable de tuer Dominic, il pouvait faire de même avec elle.

– Tu me rends malade, Stéphane Langlois ! Pourquoi as-tu fait ça ? Je croyais qu'il était ton meilleur ami !

– C'est ce que je croyais aussi. Mais lors-que Carolane est entrée dans le décor, on au-rait dit que je n'existais plus pour lui. J'ai tou-jours détesté les amoureux. Ils se croient uniques au monde et ça me pue au nez.

– Mais tu avais d'autres amis sur qui compter.

– Je n'ai jamais eu de vrais amis à l'excep-tion de Dominic. Tout le monde me détestait.

– Pourquoi dis-tu ça ?

– Tout le monde se méfiait de moi parce que j'avais passé cinq mois à l'institut psychia-trique. Ils ne voulaient pas comprendre que je me sentais mieux. Tout le monde me détestait. J'ai voulu me venger.

– Mais pourquoi avoir tué Dominic ? C'est si injuste de perdre un ami…

– Comme son frère jumeau !

Marilou blêmit.

– Stéphane, s'il te plaît… Dis-moi ce qui est arrivé à Jessy…

– Ton petit frère ? Tu te rappelles, l'au-tomne dernier, ce *party* d'Halloween chez Jérôme Millaire ?

Comment pourrait-elle oublier une telle chose ?

– J'y étais également. J'étais en visite chez mon cousin, qui est un bon ami de Jérôme. Vous aviez beaucoup de plaisir, ton petit Jessy adoré et toi, n'est-ce pas ?

Elle approuva de nouveau.

– Tellement que ça m'a rendu jaloux. Lorsque vous êtes partis, je vous ai suivis dans la ruelle. Tu connais la suite.

En y repensant, Marilou frissonna. Les idées filaient à vive allure dans sa tête. Finalement, elle réussit à articuler quelques mots.

– Qu'est-ce que t'as fait ?

Stéphane se mit à regarder ailleurs. Il se tut un instant. Des gouttes de pluie roulaient sur ses yeux. Il avait une telle expression de rage, de détresse sur son visage. Assez terrifiante pour mettre Marilou dans tous ses états. Il continua.

– Tu n'aurais jamais dû déménager ici, Marilou. Ton arrivée a compliqué les choses. Je ne voulais pas que tu découvres ce qui était arrivé, alors j'ai essayé de te faire peur pour que tu t'éloignes le plus tôt possible de cet endroit. Je n'ai pas eu d'autre choix que de te faire des appels anonymes, de t'écrire des mises en garde. Et surtout de prendre plaisir à te faire parvenir de charmants petits cadeaux comme un œil visqueux qui te regarde avec tendresse…

– S'il te plaît, Stéphane…

– … en laissant s'échapper un liquide froid qui glisse entre tes doigts, se répand le long de tes cuisses, qui…

Elle lui cria d'arrêter. Stéphane devenait obsédé.

— … un œil d'une magnifique couleur ; ce même bleu, comme une tempête sur les vagues de l'océan, la nuit, le même que celui de sa chère sœur…

— Pourquoi l'as-tu tué ? Tu ignores la souffrance que tu m'as causée. Tu as tué *mon jumeau* ! Tu es fou !

Stéphane brandit son revolver et tira un coup de feu dans les airs.

— Ça suffit, les insultes ! Tu vois, tu me traites comme tous les autres.

— Stéphane, qu'est-ce qui est arrivé à mon frère ?

Les traits de Stéphane se crispèrent davantage.

— Tu tiens vraiment à le savoir ? Très bien, voilà : je me suis enfui avec ton frère ! J'avais laissé ma voiture près de la grande route. Un peu plus loin, j'ai sorti un bout de tissu et je l'ai étouffé. Mais il n'était pas mort, seulement inconscient. Je l'ai transporté jusqu'à la voiture et je l'ai déposé dans le coffre arrière, puis je me suis rendu chez mon cousin Sam. Je venais à peine de me rendre compte dans quel merdier je m'étais embarqué. Je ne savais plus quoi faire avec Jessy, alors j'ai tout avoué à mon cousin. Il m'a lancé un tas d'injures. Ça m'a mis en furie. Je lui ai dit que je finirais ce que j'avais eu la brillante idée d'entreprendre ce soir-là. Et ça n'a pas été difficile, crois-moi. Ils n'ont jamais réussi à retrouver ton frère…

Il leva la tête au ciel et laissa échapper un rire sardonique. Ses paroles eurent sur Marilou le même effet qu'un train fonçant sur elle. La fureur la secoua et elle se jeta sur Stéphane en hurlant :

— Salaud ! Tu as tué mon frère Jessy !

La surprise fut telle qu'il tomba à la renverse, échappant le revolver et la lampe de poche. Marilou tenta de le clouer sur place, mais il la repoussa facilement. Elle bondit vers le revolver, mais il lui agrippa les jambes avant qu'elle ne touche le sol. Elle se débattit de son mieux avec ses pieds. Malgré tout, il résista.

Soudain, ils entendirent une voix désespérée retentir au loin, qui arrêta Stéphane dans son élan.

— Tobie ! Marilou ! Ève ! Où êtes-vous ?

C'était la voix affolée de Geoffroi.

— Vite, sauvez-vous ! Stéphane est le meurtrier ! Il a un revolver !

Elle profita de ce court instant de relâche pour tenter d'atteindre le revolver. Elle ne réussit qu'à s'emparer de la lampe de poche. Aussitôt, elle reçut un coup dans le dos. Stéphane mit la main sur l'arme et la pointa vers Marilou.

— Petit conseil, Marilou : avec moi, tu ne t'en tireras pas facilement. Fais bien attention, car la prochaine fois, je pourrais bien décider d'en finir avec toi. Allez, debout ! On n'a plus de temps à perdre !

En lui serrant le bras, il la remit sur pied.

Chapitre XIX

Cachette noirceur

D'UN COUP DE PIED, Geoffroi ouvrit la porte arrière de la maison de campagne, en tenant dans ses bras Tobie blessé. Il le déposa par terre. Le visage de son ami laissait paraître la douleur provoquée par sa blessure à la cuisse. Il s'empressa de prendre des linges à vaisselle et d'en faire un bandage. Tout au plus, cela atténuerait l'hémorragie, jusqu'à ce qu'ils obtiennent de l'aide. Geoffroi s'empara du téléphone. Aucune tonalité.

— Merde ! Le salaud, il a coupé la ligne...

Grimaçant d'effort, Tobie enfonça sa main dans sa poche. Il en sortit son trousseau de clés.

— Tiens, Geoffroi. Il y a un téléphone cellulaire dans ma voiture.

– Eh bien ! amène-toi, mon vieux, on s'en va à l'hôpital ! Je ne veux pas rester plus longtemps ici !

– Et Marilou ? Et tous les autres ? On ne peut pas abandonner nos amis !

– Tobie, tu perds beaucoup de sang !

Tobie soupira.

– Geoffroi, un maniaque tente de tuer ma copine !

Geoffroi hésita une seconde, puis sortit dans la nuit. Il contourna la maison d'un pas rapide et parvint à la voiture de Tobie. Il ouvrit la portière, empoigna le téléphone et composa le 9-1-1. Une fois l'appel à l'aide lancé, il voulut retourner dans la maison, mais aperçut la voiture de Stéphane un peu plus loin. Il s'en approcha et, avec son canif, en creva les pneus.

– Tu fais un pas de plus, Geoffroi Comtois, et elle est morte !

Geoffroi sursauta. Il tourna la tête. Sa haine s'intensifia lorsqu'il aperçut Marilou, un revolver pointé sur la tempe.

Stéphane lui lança un trousseau de clés.

– Nous allons faire une petite balade sous la pluie. N'est-ce pas romantique ? Je te laisse l'honneur de conduire !

– Si tu veux faire une balade romantique avec Marilou, moi ça ne me regarde pas, tu sais…

– Arrête de déconner ! On n'a pas de temps à perdre !

Geoffroi poussa un rire étouffé.

– As-tu peur que j'aie prévenu la police avec le téléphone que tu as débranché ?

Stéphane parut fier de son coup.

– J'ai une autre petite surprise qui vous attend. Ce serait dommage d'avoir tout préparé ça pour rien, tu comprends, Geoffroi ?

– Je comprends une chose. Tu es un taré !

La fierté de Stéphane s'estompa.

– Tiens-tu vraiment à ce qu'il manque une balle de plus dans mon revolver, petit comique ? Ferme-la et monte dans la voiture.

Geoffroi s'exécuta ; il s'installa derrière le volant tandis que Marilou s'assoyait du côté du passager. Derrière eux planait toujours la menace de l'arme. Cependant, Geoffroi avait noté une particularité intéressante chez cet être dérangé : les insultes lui faisaient perdre le contrôle, comme si elles s'attaquaient simultanément à ses sentiments et à sa conscience. Avant de faire démarrer la voiture, il se joua un peu de cette faiblesse qui avait trahi Stéphane.

– Dis, le malade, est-ce que je peux savoir ce que je fais ici ? Après tout, c'est à Marilou que tu en veux, pas à moi.

– Pauvre imbécile ! Tu me sers de bouc émissaire ! Selon *mon* témoignage, *tu* as attaqué tes copains, tout comme *tu* es l'auteur du harcèlement que Marilou a subi et *tu* l'as éliminée...

Marilou figea ; elle ne voulait pas mourir. Geoffroi tourna la clé et le moteur vrombit.

– C'est beau, Stéphane, d'avoir de l'ambition, mais il y a un détail auquel tu n'as pas songé : si tu veux me faire payer à ta place, il faudra me laisser la vie sauve. Mais alors, je me demande vraiment quelle version des faits on croira : la mienne ou celle d'un détraqué, un ancien pensionnaire d'un institut psychiatrique...

– Fais-moi confiance, Geoffroi, j'ai tout planifié. Personne n'a dit que tu serais épargné. Démarre, ou bien le petit jeu s'arrêtera plus tôt que prévu !

Marilou, clouée à son siège, ne disait rien, rongée par des pensées horribles qui défilaient dans sa tête. Geoffroi appuya sur la pédale d'accélération, mais la voiture n'avança qu'en soubresauts. Conscient de la situation, il joua à l'innocent.

– Qu'est-ce qui se passe ? Ne me dis pas qu'on a une crevaison ! Ça serait bien le comble de l'ironie !

Il voulait gagner du temps.

– Est-ce que tu te fous de ma gueule, Geoffroi ? On prend ta voiture, alors.

Geoffroi feignit de tâter ses poches à la recherche de ses clés. Bredouille, il éleva les deux mains.

– Je n'ai pas mes clés, Stéphane. Je crois que je les ai laissées dans le salon.

– Alors qu'est-ce qu'on attend pour aller les chercher ?

Stéphane lui lança la lampe de poche. Marilou se déplaçait au pas de Stéphane, qui la tenait toujours contre lui ; Geoffroi ouvrait la marche. Ils entrèrent par la porte avant et se retrouvèrent dans le salon aussi noir que la nuit. Geoffroi perça l'obscurité avec le mince faisceau de la lampe. L'œil de Stéphane fixait intensément Geoffroi, qui cherchait vainement ses clés ; il savait bien trop qu'elles ne s'y trouvaient pas, mais encore une fois, il voulait gagner du temps. Puis une idée lui vint à l'esprit : il pouvait tirer grand avantage de la panne d'électricité.

Geoffroi se tourna vers Stéphane et, à l'aide de la lampe de poche, s'illumina la figure. Il adopta un air arrogant, avant d'éteindre la lampe de poche, les plongeant dans la noirceur et dans la confusion. Marilou profita de l'hébétude de son assaillant pour se libérer promptement. Cependant, un bras d'acier la rattrapa au bout de quelques pas.

— Toi, p'tite garce, tu ne bouges pas d'ici !

D'une main, il empoigna le cou de Marilou et avança avec précaution à travers le salon, à la poursuite de son second otage qui avait fui. Ils contournèrent le divan, puis rasèrent le mur, tout près de l'âtre. Marilou tâta furtivement derrière elle, à la recherche du tisonnier. Ses doigts tremblants en effleurèrent le métal froid, mais sous le léger tintement provoqué, Stéphane la poussa devant lui et lui immobilisa les poignets de sa main libre.

— Ah ! où es-tu, Geoffroi ? Tu ne peux pas te cacher éternellement, tu sais, gronda Stéphane.

Marilou se fâcha.

– Tu te trompes, Stéphane Langlois ! Geoffroi est trop intelligent pour se faire prendre à tes jeux pervers.

– Marilou ! Je ne veux plus t'entendre !

Stéphane la dirigea lentement à travers la pièce. Le moindre bruit le faisait sursauter. Alors qu'ils se trouvaient sur le seuil du salon, un éclair les baigna de clarté. Ce fut suffisant pour que Stéphane aperçoive une ombre qui filait en vitesse vers la cuisine.

Il s'y dirigea à son tour, mais sa progression était pénible en raison du fardeau humain qu'il devait traîner. Il lui réservait une si belle rencontre avec son frère jumeau, son frère si cher…

Un infime grincement fit se retourner Stéphane. Les marches de l'escalier avaient craqué, mais était-ce celles menant à l'étage ou celles menant au sous-sol ? Il s'avança vers ce qui lui semblait être le palier, prêta l'oreille : il n'y avait plus un son dans l'air, ou si tel était le cas, le grondement du tonnerre le recouvrait complètement. Soudain, un faisceau de lumière jaillit à l'étage. Stéphane, traînant toujours Marilou, gravit les marches en vitesse.

Désespérée, Marilou eut une idée. Il fallait que ça fonctionne ! Encore quelques pas, Stéphane, c'est ça, se dit-elle, alors qu'il avançait dans le couloir. D'un geste rapide, elle leva le bras et agrippa l'échelle du grenier. Elle la fit descendre d'une vive poussée, la rabattant de plein fouet sur la tête de Stéphane qui, aussitôt, s'écroula.

Geoffroi alluma sa lampe de poche et éclaira le corps immobile de Stéphane sur le plancher.

– Bien fait pour toi, espèce de débile ! lança Marilou. Geoffroi, ça va ?

– Oui, occupons-nous de lui avant qu'il ne se réveille.

Geoffroi ramassa le revolver pendant que Marilou courait vers la chambre d'invités. Elle s'empara du rouleau de ruban adhésif. Rapidement, ils lui attachèrent les poignets et les chevilles.

Tout juste comme ils en finissaient avec lui, le hurlement des sirènes perça la nuit. Des soupirs de soulagement suivirent.

Enfin, cette soirée d'Halloween allait bientôt se terminer...

La graduation

DES CENTAINES d'étudiants, portant de longues robes bleu marine à col entrouvert et des chapeaux carrés, prenaient place sur les bancs de l'auditorium. Ils étaient accompagnés pour la plupart de leurs parents. Tous écoutaient attentivement le dernier discours de la nouvelle présidente du Conseil étudiant, Marilou Levasseur.

— En terminant, je voudrais vous remercier de votre appui tout au long de l'année scolaire. Mon année au collège Saint-François-des-Marais m'a grandement été favorable et n'est certainement pas dépourvue de souvenirs. En prononçant ces mots, je songe bien sûr à la fête d'Halloween. Malgré tout, cette épreuve nous a permis de nous surpasser, d'en sortir grandis. Et Jessy, mon cher jumeau, où que tu sois présentement, je veux que tu saches qu'il n'y a pas une journée où mes pensées ne te sont pas dévouées. Tu es une partie de moi, tu l'as toujours été et tu le seras toujours. Quant à vous tous, chers finissantes et finissants du collège Saint-François-des-Marais, je tiens à vous souhaiter la meilleure des chances. Foncez à vive allure devant vous. Et surtout, n'oubliez jamais vos années au secondaire qui vous ont amenés là où vous vous trouvez présentement, car elles sont remplies de connaissances, d'événements inoubliables de même que certaines périodes plus douteuses, de joies, de déboires, de sourires chaleureux. Bref, elles forment un grand coffre où reposent plusieurs souvenirs que vous prendrez toujours plaisir à vous remémorer. Bonne chance encore et merci à tous !

L'auditoire se leva pour acclamer la présidente. Marilou sourit et leur fit signe de la main pour les remercier. Puis le calme revint.

Le directeur de l'école prit place à son tour derrière le micro. On vint déposer une boîte contenant les diplômes. Le directeur appela le premier nom sur la liste et un élève monta sur scène, suivi de plusieurs autres. Les appareils photo cliquetaient.

Lorsque la remise des diplômes fut enfin terminée, une pluie de chapeaux de gradués s'abattit sur la salle, bientôt abandonnée par les finissants pressés d'aller célébrer.

Tobie serra Marilou contre elle.

– Tu as été formidable, Marilou ! Je suis certain que s'il avait été ici, Jessy serait aussi fier de toi.

– Merci, Tobie. Si je suis forte aujourd'hui, tu en es le grand responsable.

Elle l'embrassa tendrement.

Claire et Yvon Levasseur avaient maintenant rejoint leur fille et la félicitèrent. Une belle fierté brillait dans ses yeux alors que Christine prit une photo de la petite famille.

– Tu as été épatante, Marilou ! dit son père.

– Mes plus sincères félicitations à toi, ma chouette !

Marilou les étreignit tour à tour. Karen, Vincent, Geoffroi et Ève vinrent ensuite retrouver leurs copains pour une photo de groupe. Marilou songea encore une fois à cette nuit d'Halloween. Ils avaient été si soulagés d'apprendre que tous étaient sains et saufs. Stéphane les avait enfermés dans une vieille cabane, tout près de la maison de Marilou. Maintenant, Stéphane Langlois n'était plus une menace. Seulement, il avait été trop tard pour Jessy. Marilou essuya des larmes sur sa figure.

– Je vous rejoins dans un instant. Je dois aller à la salle de bains.

– Pas de problème, madame la présidente !

Sa meilleure amie, Christine, lui adressa un sourire plein de sous-entendus. Marilou sourit pour elle-même. Elle fit un détour pour arriver à la salle de bains. Elle aspergea d'eau froide son visage. Soudain, une voix sourde la prit par surprise :

— Tu m'as oublié là-haut, tout à l'heure, lors de ton petit hommage à Jessy... Oui, moi, l'auteur de tous tes cauchemars... Mais moi, je ne t'ai pas oubliée... Marilou Levasseur...

Marilou leva la tête. Dans le miroir, elle aperçut le reflet de *son* visage. Celui du monstre, du maniaque qui la hanterait long-temps encore.

Ses yeux remplis de vengeance riaient de façon diabolique...

Table des matières

Collection « Ado »